JULIAN PRESS

# FINDE DEN TÄTER

## Die Schatzkarte von Lilienstein

JULIAN PRESS

# FINDE DEN TÄTER

## Die Schatzkarte von Lilienstein

cbj

*Für Dorothee,
die virtuose Sternschnuppe
im musikalischen Universum.*

MIX
Papier | Fördert gute Waldnutzung
FSC® C010328

Penguin Random House Verlagsgruppe FSC® N001967

7. Auflage

in der Penguin Random House Verlagsgruppe GmbH,
Neumarkter Str. 28, 81673 München
produktsicherheit@penguinrandomhouse.de
(Vorstehende Angaben sind zugleich
Pflichtinformationen nach GPSR)


Umschlagbild und Innenillustrationen: Julian Press
Lektorat: Bertrun Jeitner-Hartmann
Umschlagkonzeption: Klaus Renner
SaS · Herstellung: UK
Satz und Reproduktion: Uhl + Massopust, Aalen
ISBN: 978-3-570-15489-2
Printed in Hungary

www.cbj-verlag.de

Wie immer machten Philipp, Flo und Carolin auf dem Weg zur Schule einen Abstecher zum Süßwarengeschäft in der Taubengasse Nr. 23, um bei Leo ihre Leckereien für die Schulpausen zu kaufen. Auch Kriminalkommissar Lars teilte die Leidenschaft für die Lakritzstangen. Außerdem hatten sie alle eine Vorliebe für ungelöste Detektivfälle. Das Taubenatelier, im ersten Stock über Leos Lakritzladen direkt unter dem ausgebauten Dach gelegen, war Treffpunkt der Lakritzbande.

Als Ladeninhaber und Detektiv ist Leo auch Kopf der Bande.

Carolin, kurz Caro, ist sportlich ein Ass und sie kombiniert blitzschnell.

Kriminalkommissar Lars tüftelt gern am Computer.

Florentin ist der kleinste von allen. Deshalb wird er Flo genannt.

Philipp beherrscht die Vogellaute. Sein treuester Begleiter ist Coco, der Kakadu.

# Der Katschinsky-Schmuck

## 1. Auf dem Polizeirevier

Gegen 11.45 Uhr betrat die Lakritzbande an diesem Morgen das Polizeirevier. Ihr Blick fiel auf ein Plakat. Die abgebildeten Beutestücke gehörten zu einem rätselhaften Kriminalfall, der die Polizei in Atem gehalten hatte und ungelöst geblieben war. Philipp, Flo und Carolin war er nur allzu bekannt.

»Um Haaresbreite ist uns Dr. Struppek mit seiner Beute damals entwischt!«, bemerkte Philipp und zeigte auf die abgebildete Schmuckgarnitur der Kira von Katschinsky.*

»Immerhin haben wir während der Verfolgung einen der beiden Ohrringe sicherstellen können!«, entgegnete Flo.

»Der mysteriöse Dr. Struppek bleibt seither jedoch unauffindbar!«, warf Caro ein, »und von dem zwielichtigen Kuriositätensammler Krimkowski erfahren wir nichts! Er leugnet immer noch, jemals im Besitz der Beute gewesen zu sein oder gar versucht zu haben, sie zu veräußern!«

»Das bleibt eine harte Nuss für uns!«, fügte Philipp hinzu.

Völlig überraschend jedoch sollte der Kriminalfall an diesem Nachmittag erneut aufgerollt werden.

Die drei Detektive waren gerade in der Korianderstraße unterwegs, als sie auf ein Antiquitätengeschäft aufmerksam wurden. Den vielen Besuchern folgend, schauten sie sich in dem reich mit Exponaten gefüllten Laden um.

»Heee! Sollte das eine neue Spur zu dem Katschinsky-Schmuck sein?«, fragte Caro ihre Freunde.

* siehe »Jagd auf Dr. Struppek«



**? Welche Fährte entdeckte Caro?**

WO IST DIESER SCHMUCK?

# 2. Per Taxi in hohem Tempo

Caros Blick war auf eine Frau gefallen, deren Antlitz in dem großen Spiegel zu sehen war und die den gesuchten Ohrring aus der gestohlenen Schmuckgarnitur zu tragen schien.
»Ich wette, der gehört zum Diebesgut. Nichts wie hin!«, flüsterte Caro ihren Freunden zu und schlich sich von hinten an die betreffende Frau heran. Caro war überzeugt, dass die Frau versuchen wollte, den Schmuck in diesem Geschäft zu verkaufen.
Doch die observierte Person steuerte in diesem Augenblick abrupt dem Ausgang zu und verschwand. Die Lakritzbande folgte ihr, sah aber vor dem Geschäft nur noch die Rücklichter eines eilig davonbrausenden Taxis.

»Vermutlich hat sie spitzbekommen, dass wir sie beobachtet haben! Wo sie wohl hinfährt?«, fragte sich Flo.
»Das werden wir gleich herausfinden. Kommt mit!«, spornte Philipp seine Freunde an. Ihm war nicht entgangen, dass die Frau einen auffälligen Schlüssel in ihrer Hand gehalten hatte, auf dessen Anhänger die Initialen »HW« zu erkennen waren.
Im Taubenatelier wälzten die Detektive das Branchenbuch.
»Das hier könnte es sein! Bestimmt ist die Frau in diesem Hotel abgestiegen!«, war sich Philipp sicher und verwies auf das entsprechende Inserat.



**? Welches Etablissement meinte er?**

**Hotel Prinzenberg**
11 Zi. mit Halbpension
Ulmenallee 143
Tel. 0347-89312

**Hotel Perl**
Parkstraße 31
Tel. 0347-45211

Pension Rosin
Rotfederstraße 3
Tel. 0347-25312

Hotel Enzian
Bergstraße 4
Tel. 0347-80213

Anna's Herberge
Nelkenstieg 26
Tel. 0347-45991

**Pension Merlin**
Luzienstraße 71
Tel. 0347-49130

Seehotel Zander
Am Teich 25
Tel. 0346-19247

HOTEL
**GOLDENER LÖWE**
Marktstraße 3
Tel. 0347-19231

PENSION FELLCHEN
Seestraße 11
Tel. 0346-23101

Kranichhotel
oppel 34 · Tel. 0347-62311

**Pension Veilchen**
Blütenweg 13
Tel. 0347-11342

Pension Eugen
Prinzenstraße 5
Tel. 0347-83715

**Parkhotel Priem**
Königstraße 8
Tel. 0347-13421

**Pension Zum Wandelröschen**
Blumengasse 22
Tel. 0346-12213

Zum Heurigen
Pension - 6 Zimmer
mit Halbpension
Weinstraße 12
Tel. 0346-31922

Hotel Orion
Talstr 14 · Tel. 0347-72713

Pension
Zum tollen Hecht
Am Ufer 23
Tel. 0346-19213

HOTEL HERING
Seestraße 3
Tel. 0346-24521

›Zum Wachtelkönig‹
Pension – 4 Zimmer,
mit Kegelbahn und
Tanzsaal
Waldstraße 3

PENSION
FEURIGER WINZER
Weinberg 11 · Tel. 0347-13244

Hotel Habicht
Falkenweg 13
Tel. 0347-02196

**Wiesenpension**
Gästeappartements
mit Halbpension
Bergstraße 17
Tel. 0347-98350

HOTEL WINZERKRUG
Kranichstraße 12
Tel. 0347-92113

**›Zum Hüttensepp‹**
Pension m. 8 Gästezi.
u. Halbpension
Auf der Alm 12
Tel. 0344-34253

**Pension Perlhuhn**
Hahnenkamm 16
Tel. 0347-31342

Hotel Adlerauge
Bogengasse 19
Tel. 0344-28931

HOTEL
GRAF EGBERT
Veilchenweg 7
Tel. 0347-22321

Hotel Eulalia
Am Markt 12
Tel. 0346-21314

HOTEL GRÜNSPAN
Kupfergasse 3
Tel. 0346-89355

**Pension Werl**
Am Weiher 3 · Tel. 0346-44521

Hotel Odeon
Mondweg 13
Tel. 0345-52287

**Hotel Zeppelin**
Lichtwarkstr. 11
Tel. 0347-22321

**Pension Zur Münze**
Am Weiher 3
Tel. 0346-44521

HOTEL
ERLKÖNIG
Goethestr. 5
Tel. 0344-42523

**Hotel Engel**
Himmelspforte 4
Tel. 0345-32327

Zur Müllerin
Mühlenweg 1
Tel. 0344-27831

Hotel
Veilchenweg 7
Tel. 0346-54852

HOTEL
NEPTUN
Badstr. 21
Tel. 0345-28891

*Pension Drosselbart*
Königstr. 17
Tel. 0344-2131

# 3. Übereilte Abreise

Unverzüglich suchten die drei Detektive die Kranichstraße Nr. 12 auf, wo das »Hotel Winzerkrug« zu finden war.
»Ziemlich heruntergekommen!«, befand Philipp, als er vor dem Eingang der kleinen Pension stand.
»Seht, dort steht sogar noch das Taxi, mit laufendem Motor!«, stellte Caro fest. Sie hatte das Auto im Hinterhof des Hotels entdeckt.
Vermutlich wartete der Fahrer noch auf seinen Fahrgast. Ein Blick auf das Schlüsselbrett hinter der Rezeption im Innern der Pension verriet den Detektiven unterdessen, dass sich in dieser Unterkunft nur fünf Hotelzimmer befanden.
»Unser geheimnisvoller Hotelgast scheint noch in der Pension zu sein. Sollte die Frau aus dem Antiquitätenladen tatsächlich hier abgestiegen sein, bewohnt sie vermutlich das Zimmer Nummer vier!«, schlussfolgerte Flo. Ihm war aufgefallen, dass nur dieser Schlüssel am Schlüsselbrett fehlte.
»In Deckung, sie kommt!«, bemerkte Caro, die gehört hatte, wie jemand eine Zimmertür abschloss und sich eiligen Schrittes, wohl auf Pfennigabsätzen, dem Tresen der Rezeption näherte. Sie trug nur kleines Handgepäck bei sich und beglich die Hotelrechnung. Anschließend fuhr sie mit dem Taxi davon.
»Auf geht's zum Jahrmarkt!«, meinte Philipp, dem nicht entgangen war, dass die geheimnisvolle Frau dem Fahrer des Taxis dieses Ziel angegeben hatte.
Kurz darauf traf die Lakritzbande auf dem Volksfest ein und unter den vielen Menschen konnte Flo tatsächlich die gesuchte Frau entdecken.

**? Wo hielt sie sich auf?**

TAXI
TOMBOLA
Heiße Würstchen
KASSE
Süße Herzen
AUTOSCOOTER
glücksklee

# 4. Eine scharfsinnige Beobachtung

Anhand ihres auffälligen Handgepäcks hatte Flo die Frau in der Rakete mit der Nummer 13 ausgemacht.
»Klarer Fall, und der Mann im Kapuzenmantel, der hinter ihr saß, ist uns nur allzu gut bekannt: Das muss Dr. Struppek sein!«, bemerkte Caro.
Die Lakritzbande blieb dem Paar auf den Fersen und beobachtete, wie sich die beiden zunächst beim Autoscooter aufhielten und sich dann für kurze Zeit trennten.

Philipp, Flo und Carolin entdeckten die Frau wenig später am Eingang des Kinderkarrussells, wo sie die Kassiererin in ein Gespräch zu verwickeln schien.
»Komisch, wo Dr. Struppek jetzt wohl steckt?«, fragte sich Caro, die ihn im bunten Treiben auf dem Jahrmarkt nicht mehr entdecken konnte.
»Vielleicht heckt er gerade irgendetwas aus!«, warf Flo ein.
»Oh, wie recht du hast! Ich kann euch verraten, was er soeben gemacht hat!«, verkündete Philipp, dem etwas Wichtiges nicht entgangen war.



**? Was hatte Philipp beobachtet?**

KASSE

KASSE

# 5. Zur Klause

Clever gemacht! TX-I-521«, bemerkte Philipp scharfsinnig. Flink notierte er sich die Fahrzeugnummer. Dieses Autokennzeichen hatte Dr. Struppek von dem großen Oldtimer auf dem Kinderkarrussell abmontiert, während seine Begleiterin die Kassiererin geschickt abgelenkt hatte.

Dr. Struppek machte sich mit dem gestohlenen Nummernschild davon und begab sich in die Seilerstraße. Dort erwartete ihn bereits seine Begleiterin auf einem Motorrad. Nur zwei Schrauben waren zu lösen, um das bestehende Kennzeichen mit dem gestohlenen auszutauschen. Im Nu schwang sich Dr. Struppek auf den Beifahrersitz und mit aufheulendem Motor brausten die beiden stadtauswärts.

»Sicher ist das Motorrad auch gestohlen, sonst hätten sie die Kennzeichen nicht ausgetauscht!«, bemerkte Flo.

Per Zufall entdeckte die Lakritzbande das Zweirad noch am gleichen Tag wieder, vor der Milchbar »Zur Klause«. Durch das Fenster konnten die Detektive Dr. Struppek und seine Begleiterin beobachten. Sie orderten gerade zwei Getränke am Tresen. Eine knappe Viertelstunde später zahlten sie und verließen das Lokal. Philipp war nicht entgangen, dass der Wirt den beiden etwas auf einen Bierdeckel geschrieben hatte. Allerdings musste er enttäuscht feststellen, dass es lediglich der Preis für die beiden georderten Getränke war. Philipp rechnete nach, dann war ihm klar, was Dr. Struppek und seine Begleiterin getrunken hatten. Der Wirt bestätigte seine Vermutung.



**? Was hatten die beiden geordert?**

9,75€

Do 17⁰⁰
Milchbar
Grüner Jäger 7,-€
Piratenblut 6,50€
Meyer's Mokka 3,-€
Blaue Bertrun 6,70 €
Stiller Struppi 5,50 €
Rote Rosi € 3,50
Lila Liese € 4,80
Gelbe Granate € 8,-
Pink Peter € 3,20
Eisige Else € 3,50
Schwarzer Sepp € 5,25
Toller Tukan € 4,60
Heiße Helene € 4,25
Gespenster Fusel € 3,35

# 6. Rätselhafte Buchstaben

Ein Glas »Stiller Struppi« und eine »Heiße Helene« hatten die beiden Verdächtigen getrunken. Philipp war darüber hinaus nicht entgangen, dass Dr. Struppek seiner Begleiterin beim Verlassen des Lokals etwas zugeflüstert hatte.

»Dr. Struppek meinte, die Angelegenheit wäre ihm jetzt zu brisant. Er wolle erst einmal Gras über die Sache wachsen lassen. Weiter erwähnte er, die heiße Ware für unbestimmte Zeit in ›Bienes Regal‹ deponieren zu wollen!«, offenbarte Philipp seinen beiden Freunden.

»Welches Versteck hat er wohl damit gemeint?«, fragte Flo irritiert.

Und wer war diese geheimnisvolle Biene? Die Detektive waren irgendwie überzeugt, dass es sich hierbei um ein Wortspiel handeln müsse und dass das Versteck unter einem anderen Namen aufzufinden wäre.

Zurück im Taubenatelier schrieben sie die Worte »Bienes Regal« auf und zerlegten sie in einzelne Buchstaben. Die drei Freunde tüftelten. Alsbald fand Caro heraus, dass sich aus jedem Begriff ein neues Wort bilden ließ. Zusammengesetzt ergaben sie, so hofften die Detektive, den Namen des vermeintlichen Verstecks preis.



**? Wie lautete der richtige Name des Verstecks?**

# 7. Auf der Fischerpromenade

Lager Sieben«, so könnte nach Meinung der Lakritzbande der richtige Name des Verstecks lauten.

»Vielleicht handelt es sich dabei um die kleinen Lagerräume, die sich entlang der Fischerpromenade aneinanderreihen«, mutmaßte Caro.

Die Lakritzbande suchte diese Holzbaracken auf.

»Hier ist der Lagerraum!«, meinte Flo und spähte neugierig durch das Schlüsselloch der Eingangstür mit der Nummer sieben.

»Alles stockduster!«, schien es ihm. Aber dann entdeckte er doch etwas. »Volltreffer!«, rief er freudestrahlend, »die beiden sind ganz schön raffiniert. Sie haben die Schmuckgarnitur tatsächlich hier verwahrt, im Glauben, ein sicheres Versteck gefunden zu haben!«



**? Wo entdeckte Flo die Schmuckgarnitur?**

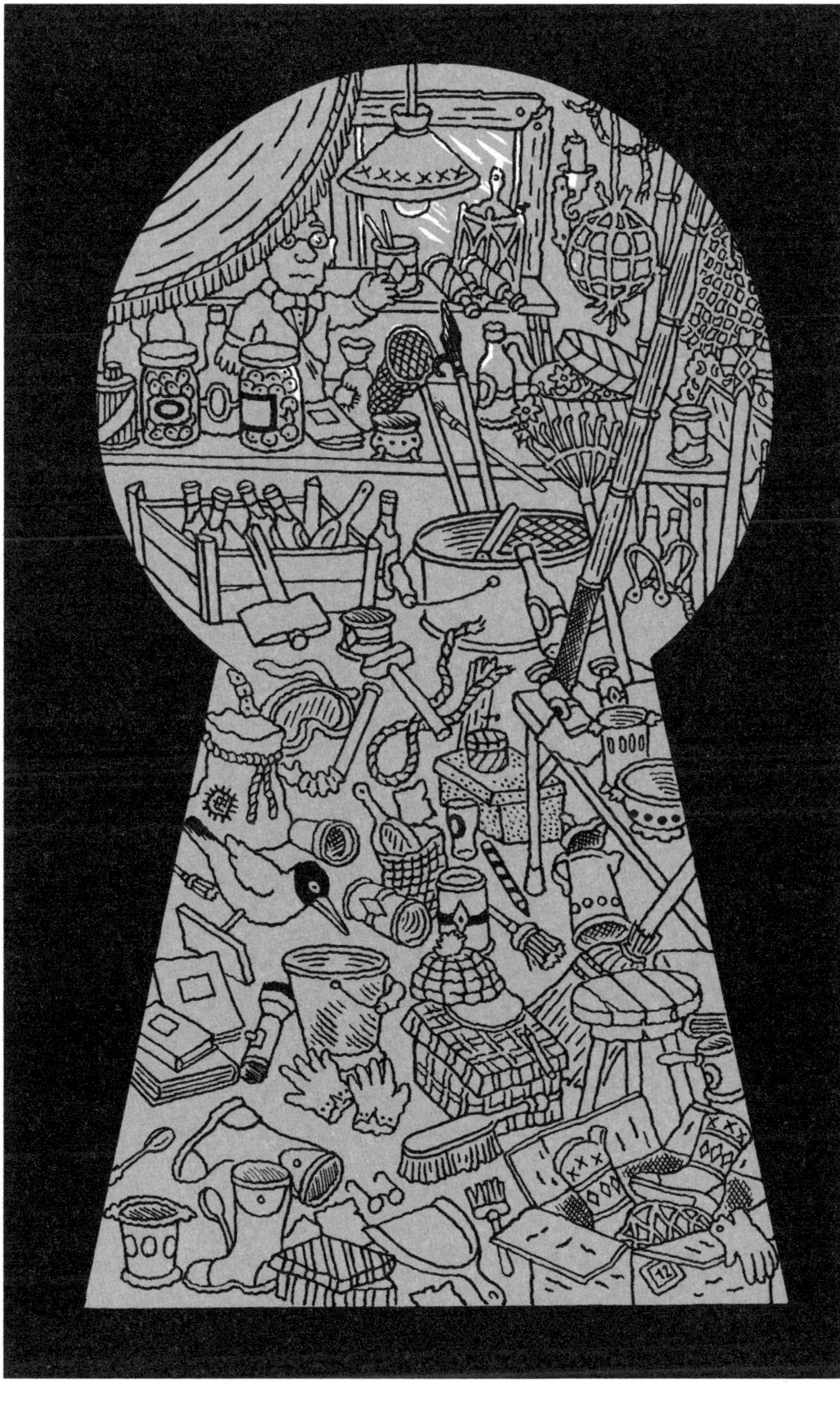

# 8. Dr. Struppek im Nacken

Das Diadem, der Ohrring und die Halskette befanden sich in der halb geöffneten Hutschachtel, die im hinteren Teil des Raumes rechts auf dem Tisch stand.
»Verflixt, die Tür ist mit einem Sicherheitsschloss verriegelt!«, ärgerte sich Flo, der vergeblich an der Tür rüttelte.
Caro hielt ihn plötzlich am Arm zurück und flüsterte ihm zu: »Pst! Pass auf, wir werden beobachtet!«.

Flo blickte sich um. Auch ihm wurde jetzt klar, dass Dr. Struppek ganz in der Nähe war und das Vorgehen der drei Detektive argwöhnisch beobachtete.

**? Wo hielt Dr. Struppek sich auf?**

7
9
LEA

# 9. Hut ab!

Philipp, Flo und Carolin hatten Dr. Struppek bei den Booten, hinter den Holzfässern entdeckt. Schnell suchten sie das Weite. Leichter Nieselregen setzte ein.

»Zu dumm, er weiß nun, dass wir ihm erneut auf den Fersen sind. Das Versteck im Lager ist ihm wahrscheinlich jetzt zu heikel!«, bemerkte Caro, die aus sicherer Entfernung Dr. Struppek weiter beobachtete, wie er in der einen Hand einen Regenschirm und mit der anderen Hand mit einem Schlüssel hantierte, um die Tür des Lagerraums zu öffnen. Dann verschwand er für wenige Sekunden im »Lager Sieben«. Aber es bot sich keine Gelegenheit, ihm den Riegel vorzuschieben und ihn so im Lager einzusperren.

»Achtung! Dr. Struppek verlässt den Schuppen! Den Schmuck hat er jetzt aller Wahrscheinlichkeit nach in der Plastiktüte, die er bei sich trägt«, stellte Flo fest.

Der plötzlich einsetzende Sturzregen verhinderte, dass die Lakritzbande Dr. Struppek aus nächster Nähe folgen konnte.

Es klarte erst wieder auf, als die Detektive das Ortszentrum erreichten.

»Dort ist der Kerl! Aber verflixt, er hat die Plastiktüte nicht mehr bei sich!«, wunderte sich Philipp.

»Keine Sorge, ich weiß genau, wo die Schmuckgarnitur inzwischen gelandet ist!«, grinste Flo verschmitzt.



? **Wo vermutete Flo den Schmuck?**

Turmstr
O. Kroll
11
Farben
Kroll

# 10. Überraschung im Dachstuhl

Ab durch die Mitte!«, rief Flo und rannte seinen Freunden voran in die Turmstraße. Er war überzeugt, dass die Schmuckgarnitur in Struppeks prall gefülltem Regenschirm steckte.
Sie waren ihm jetzt dicht auf den Fersen und sahen, wie Dr. Struppek drei Treppenstufen hochhastete und in einem Hauseingang verschwand. Die Tür war nicht verschlossen. So schlichen die drei Detektive leise in den dunklen Hausflur.
»Schaut mal, da ist jemand mit dem Fahrstuhl gerade nach oben in den vierten Stock gefahren!«, stellte Philipp fest und zeigte auf das erleuchtete Kontrolllämpchen.
Flo drückte auf den Knopf am Eingang des Fahrstuhls. Dieser kam wieder ins Erdgeschoss herunter, die Schiebetür öffnete sich, aber der Fahrstuhl war leer. Von Dr. Struppek keine Spur.
Die Detektive fuhren nun ebenfalls in den vierten Stock. Hier gab es nur eine Tür, sie war jedoch verschlossen.
»Dann ab zum Hausmeister!«, beschloss Philipp und machte auf dem Absatz kehrt, zurück ins Erdgeschoss.
Die Lakritzbande klingelte beim Hausmeister Sturm.
»Wo brennt's denn?«, fragte ein beleibter Mann und öffnete die Wohnungstür.
Als Hausmeister Lembcke erfuhr, dass sich womöglich unterm Dach ein Gauner versteckt hielt, nahm er mit den Detektiven unverzüglich den Fahrstuhl hinauf zum vierten Stock. Oben angekommen, öffnete er ihnen die Tür. Verdutzt blieben sie am Eingang stehen: Lauter Büsten starrten sie an. Und ausgerechnet hier entdeckte Caro den gestohlenen Schmuck.



**? Wo war die Schmuckgarnitur?**

# 11. Fund in der Dachrinne

Zwar blieb Dr. Struppek unauffindbar, doch die Beute war zumindest gefunden. Dr. Struppek hatte Diadem, Halskette und den fehlenden Ohrring auf der Büste unterhalb des Dachfensters drapiert.

Erst jetzt bemerkte Philipp, dass dieses Fenster einen Spalt breit offen stand.

»Dr. Struppek muss durch die Fensterluke entwischt sein«, war Philipp überzeugt und schaute hinaus.

»Da liegt etwas in der Dachrinne!«, rief er.

Mit der langen spitzen Nadel eines Hutes, der den Kopf einer Büste bedeckte, angelte er nach einem Stück Papier. Es konnte noch nicht allzu lange in der Dachrinne gelegen haben, denn es war vom Regen nicht aufgeweicht.

»Haarsalon ›H. S.‹«, las Philipp seinen Freunden vor und zeigte ihnen den abgerissenen Teil einer Quittung.

Während die herbeigerufene Polizei die gestohlene Schmuckgarnitur sicherstellte und die Spurensuche aufnahm, blieb die Suche nach Dr. Struppek und seiner Begleiterin erfolglos. Um ihnen endgültig das Handwerk zu legen, musste die Lakritzbande unbedingt herausfinden, was es mit diesem mysteriösen Haarsalon auf sich hatte. Sie gab dieses Stichwort im Internet ein und erhielt prompt eine Auflistung diverser Adressen von Kleinunternehmen. Aber es kam nur ein Geschäft infrage, zu dem tatsächlich diese Initialen passten. Da war Philipp klar, wo sie zu suchen hatten.



**? Wie hieß das gesuchte Geschäft?**

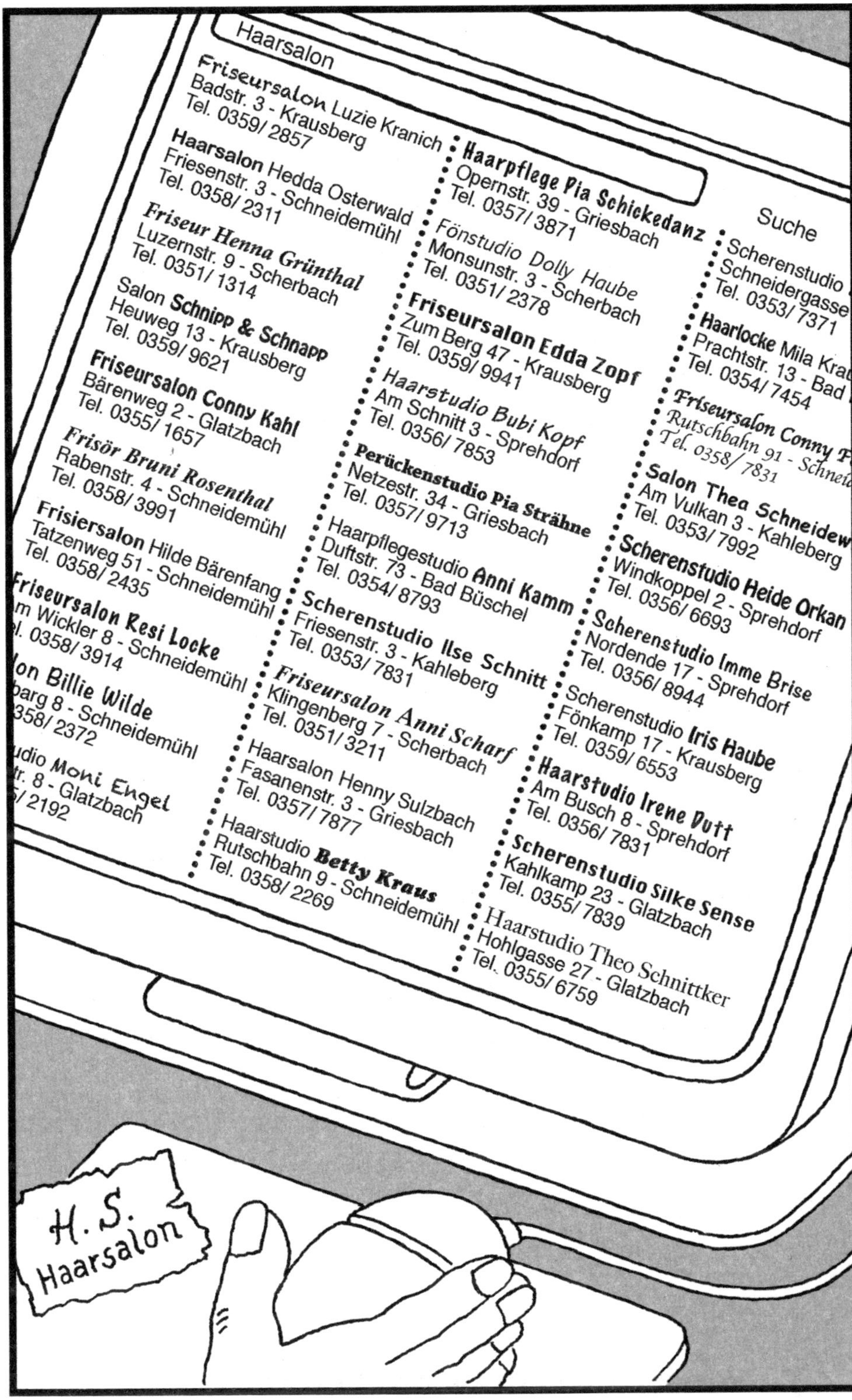

Haarsalon
Suche
Friseursalon Luzie Kranich
Badstr. 3 - Krausberg
Tel. 0359/ 2857
Haarsalon Hedda Osterwald
Friesenstr. 3 - Schneidemühl
Tel. 0358/ 2311
Friseur Henna Grünthal
Luzernstr. 9 - Scherbach
Tel. 0351/ 1314
Salon Schnipp & Schnapp
Heuweg 13 - Krausberg
Tel. 0359/ 9621
Friseursalon Conny Kahl
Bärenweg 2 - Glatzbach
Tel. 0355/ 1657
Frisör Bruni Rosenthal
Rabenstr. 4 - Schneidemühl
Tel. 0358/ 3991
Frisiersalon Hilde Bärenfang
Tatzenweg 51 - Schneidemühl
Tel. 0358/ 2435
Friseursalon Resi Locke
m Wickler 8 - Schneidemühl
l. 0358/ 3914
on Billie Wilde
barg 8 - Schneidemühl
358/ 2372
udio Moni Engel
tr. 8 - Glatzbach
/ 2192
Haarpflege Pia Schickedanz
Opernstr. 39 - Griesbach
Tel. 0357/ 3871
Fönstudio Dolly Haube
Monsunstr. 3 - Scherbach
Tel. 0351/ 2378
Friseursalon Edda Zopf
Zum Berg 47 - Krausberg
Tel. 0359/ 9941
Haarstudio Bubi Kopf
Am Schnitt 3 - Sprehdorf
Tel. 0356/ 7853
Perückenstudio Pia Strähne
Netzestr. 34 - Griesbach
Tel. 0357/ 9713
Haarpflegestudio Anni Kamm
Duftstr. 73 - Bad Büschel
Tel. 0354/ 8793
Scherenstudio Ilse Schnitt
Friesenstr. 3 - Kahleberg
Tel. 0353/ 7831
Friseursalon Anni Scharf
Klingenberg 7 - Scherbach
Tel. 0351/ 3211
Haarsalon Henny Sulzbach
Fasanenstr. 3 - Griesbach
Tel. 0357/ 7877
Haarstudio Betty Kraus
Rutschbahn 9 - Schneidemühl
Tel. 0358/ 2269
Scherenstudio
Schneidergasse
Tel. 0353/ 7371
Haarlocke Mila Kra
Prachtstr. 13 - Bad
Tel. 0354/ 7454
Friseursalon Conny F
Rutschbahn 91 - Schnei
Tel. 0358/ 7831
Salon Thea Schneidew
Am Vulkan 3 - Kahleberg
Tel. 0353/ 7992
Scherenstudio Heide Orkan
Windkoppel 2 - Sprehdorf
Tel. 0356/ 6693
Scherenstudio Imme Brise
Nordende 17 - Sprehdorf
Tel. 0356/ 8944
Scherenstudio Iris Haube
Fönkamp 17 - Krausberg
Tel. 0359/ 6553
Haarstudio Irene Dutt
Am Busch 8 - Sprehdorf
Tel. 0356/ 7831
Scherenstudio Silke Sense
Kahlkamp 23 - Glatzbach
Tel. 0355/ 7839
Haarstudio Theo Schnittker
Hohlgasse 27 - Glatzbach
Tel. 0355/ 6759
H. S.
Haarsalon

# 12. Reingelegt!

Haarstudio, Henny Sulzbach – Fasanenweg Nr. 3 in Griesbach!«, so lautete die exakte Adresse, und die Lakritzbande machte sich unverzüglich auf den Weg. Die Detektive radelten gut eine Dreiviertelstunde, bis sie die kleine Ortschaft erreichten.

»Hier ist es!«, meinte Philipp, als er mit seinen Freunden vor dem Geschäft haltmachte.

»Bis auf Weiteres geschlossen!«, las Flo die eilig handgeschriebene Notiz an der Eingangstür.

Währenddessen schaute Caro durch das Schaufenster in den Geschäftsraum des Haarsalons.

»Da ist aber jemand!«, rief sie, da sie meinte, für einen kurzen Moment eine Frau entdeckt zu haben.

Caro war überzeugt, dass es sich um Henny Sulzbach handelte, die sie bereits allzu gut als Komplizin Dr. Struppeks kannten. Die Lakritzbande kehrte im Eiscafé gegenüber ein und ließ den Eingang zum Haarsalon nicht aus den Augen. Doch Henny Sulzbach ließ sich nicht blicken. Zudem wurde durch das Treiben der vielen Menschen den Detektiven erschwert, den Eingang des Salons im Blick zu behalten.

»Sie ist schlauer, als ich dachte! Sie hat uns reingelegt!«, bemerkte Caro nach geraumer Zeit.

Flo wusste sofort, worauf Caro anspielte, und ließ seinen Blick umherschweifen.

»Los, beeilt euch! Dahinten steckt sie!«, trumpfte Flo auf.



**? Wo entdeckte er Henny Sulzbach?**

HAARSALON
Henny Sulzbach

AARSALON
Henny Sulzbach
Bahn

# 13. Der Dritte im Kreuzverhör

Auch Flo hatte festgestellt, dass eine Perücke aus dem Schaufenster fehlte. Mit dieser neuen Aufmachung hatte die Salonbetreiberin Henny Sulzbach das Geschäft unbemerkt durch einen Hinterausgang verlassen. Vor dem Bahnhof konnte sie jedoch enttarnt werden. Kriminalkommissar Lars und Leo wurden informiert und trafen rechtzeitig vor Abfahrt des Zuges ein. Henny Sulzbach wurde im Abteil, in Begleitung von Dr. Struppek, festgenommen. Auf der Wache verstrickten sich beide in Widersprüche. Sowohl Henny Sulzbach als auch Dr. Struppek konnten des gemeinsamen Diebstahls überführt werden. Der Abendkurier wartete mit folgendem Bericht auf:
»... unter falschem Namen hatte sich das Ganovenpärchen in der Turmstraße unter dem Dach eines Hauses eingemietet. Dort konnte der gestohlene Schmuck sichergestellt werden.«
»Wieder ein Fall abgeschlossen«, jubelte Flo.
»Ich fürchte, nicht ganz«, entgegnete Philipp und spielte dabei auf den zwielichtigen Kuriositätensammler Krimkowski an. »Ihm wird vorgeworfen, sich als Hehler zu betätigen. Er hatte unter mysteriösen Umständen die Schmuckgarnitur der Bühnenschauspielerin Kira von Katschinsky entwendet und anschliessend versucht sie zu verkaufen.«
»Alles gelogen!«, rief Krimkowski erbost, als auch er einem Verhör unterzogen wurde, »ich kenne diesen Schmuck nicht und habe auch nie von einer Kira von Klapinsky gehört!«
»Katschinsky!«, verbesserte Kriminalkommissar Lars und hielt dem Verdächtigen einen Zeitungsausschnitt vor die Nase. »Damit wäre der Gegenbeweis wohl erbracht!«



**? Was war schwarz auf weiß zu sehen?**

Kira von Katschinsky verabschiedet sich
Im Kreise ihrer Freunde und Kolle- Bühnen in Paris, Rom, London, als
gen verabschiedete sich Kira von auch in Moskau - kein Wunder,
Katschinsky in diesen Tagen von dank ihrer russischen Wurzeln und
der Bühne. Sie kann auf ein fast ihrer Sprachbegabung. Angespro-
fünfzigjähriges Bühnenjubiläum chen auf das, was ihr jetzt am
zurückblicken. In Goslar geboren, Herzen liegt, will sie sich ihrer Lei-
bsolvierte sie die Schauspiel- denschaft widmen, der Rosen-
chule in Berlin, wo sie auch ihr züchtung. Wir dürfen gespan
rstes Engagement am Egmont- sein, wann die erste Rose
Theater bekam. Sie brillierte nicht Namen trägt. Sie wird
nur in ihren ernsten Rollen, auch Fall ihrer Namensgebe
komische Fach beherrschte sie chen - anmutig,
Auch international edlem
sowohl auf den spannt

# Der Kaufhausdieb von Kelsterbach

## 1. Der Vorfall bei Cranich & Sohn

Der Beweis war eindeutig. Der Kuriositätensammler Krimkowski höchstpersönlich war auf dem Pressefoto in der Zeitung abgebildet, das ihn anlässlich des Bühnenabschieds der Schauspielerin Kira von Katschinsky im Kreise vieler Freunde beim Umtrunk zeigte. Leugnen war zwecklos. Krimkowski hatte sich seinerzeit in einem unbeobachteten Moment Zutritt zur Garderobe der Bühnenschauspielerin verschafft und dort ihren Gehstock entwendet. Die darin enthaltene Nachricht hatte ihn zum Tresorfach geführt, wo die Schmuckgarnitur der Kira von Katschinsky deponiert war. Die damals sichergestellten Fingerabdrücke konnten ihm eindeutig zugeordnet werden. Krimkowski wollte die Hehlerware veräußern und hatte Dr. Struppek aufgesucht. Der jedoch trickste ihn aus und luchste ihm die Diebesbeute ab.

Schon der nächste Tag bescherte der Lakritzbande einen neuen Fall. Philipp, Flo und Carolin waren zum Einkaufen in Kelsterbach unterwegs. Am Eingang des Kaufhauses »Cranich & Sohn« wurden sie vom Kaufhausdetektiv Eberle begrüßt. Die drei jungen Detektive stöberten gerade in der Buchabteilung, als sie beobachteten, wie ein Mann in der Schmuckabteilung klammheimlich eine Armbanduhr mitgehen ließ und dann in der Menschenmenge untertauchte.

»Nichts wie hin zu Eberle!«, rief Caro. Doch sie musste feststellen, dass er über diesen Vorfall keineswegs unterrichtet war.



**Wie kam Caro zu dieser Feststellung?**

E 1 2 3 4
Angebot
€ 2,50

# 2. Ein Hinweis per Videoaufzeichnung

Hee, Herr Eberle!«, Caro stuptste ihn an. Der war peinlich berührt und musste gestehen, für einen kurzen Moment neben der Umkleidekabine eingenickt zu sein.

Sofort begab er sich mit der Lakritzbande in den Dienstraum, um die Videoaufzeichnungen der Überwachungskameras anzuschauen.

»Ihr habt recht Kinder! Hier ist der Mann. Tatsächlich, der hat hier blitzschnell eine Armbanduhr in seine Jackentasche gleiten lassen«, kommentierte Herr Eberle, als er den Dieb auf einem der Bildschirme entdeckt hatte. »Aber vielleicht hält sich der Kerl noch im Kaufhaus auf. Dann können wir ihn uns schnappen.«

Kaufhausdetektiv Eberle postierte sich am Ausgang des Kaufhauses, während die Lakritzbande versuchte, den Dieb im Getümmel der Kaufhausbesucher ausfindig zu machen. Nach einer Weile hatte Philipp den Verdächtigen tatsächlich im Gedränge im Kaufhaus wiedererkannt und gab Herrn Eberle ein vereinbartes Handzeichen.



**? Wo hielt sich der Verdächtige auf?**

# 3. Erneuter Diebstahl in flagranti

Philipp hatte den Verdächtigen rechts unten auf der Rolltreppe hinunter ins Erdgeschoss entdeckt. Die Lakritzbande versuchte, sich an den Kunden vorbei die Rolltreppe hinunterzudrängeln, doch der Vorsprung, den der Dieb hatte, war zu groß. Kaufhausdetektiv Eberle versuchte, den Verdächtigen aufzuhalten. Das Alarmsignal der Sicherheitsschleuse wurde auch ausgelöst und ertönte nun ohne Unterbrechung, aber dem Dieb gelang es trotz allem zu entkommen. Erst einige Minuten später konnte das Alarmsignal ausgestellt werden.

»Da hat der Dieb eine ganz schön fette Beute erwischt!«, erzählte Philipp kurz darauf seinen Freunden, »Herr Eberle meinte, die gestohlene Armbanduhr hätte sage und schreibe einen Wert von etwa sechshundert Euro!«

Tage später saß die Lakritzbande gerade bei einer Cola auf dem Marktplatz, als ein greller Aufschrei sie auf einen Ladeninhaber aufmerksam machte, der aus seinem Geschäft herausstürmte und einer Person hinterherlief.

»Doch nicht schon wieder ein Diebstahl!«,empörte sich Caro.

»Doch! Es scheint wieder einen Geschäftsmann erwischt zu haben!«, meinte Philipp.

»Und ich habe auch eine Vermutung, wo etwas entwendet wurde!«, ergänzte Flo.



**? Um welche Beute handelte es sich?**

AFE
O.PIEL
PENSION
F. Krill
J.THAL
Bü
f.O. Rabe
KERAMIK
TÖPFERWAREN

AFE
O.PIEL
PENSION
F. Krill
J.THAL
Bü
f.O. Rabe
KERAMIK
TÖPFERWAREN

# 4. Dieb gesichtet!

Flo hatte den richtigen Riecher gehabt.
»Auf geht's zu Otto Rabe!«, meinte er und rannte, nachdem er rasch die Cola bezahlt hatte, mit Philipp und Carolin quer über den Marktplatz.
Der Geschäftsführer Otto Rabe war zurückgekehrt. Er war noch ganz außer Atem und bestätigte den jungen Detektiven, dass ihm soeben in der Auslage vor seinem Geschäft ein auffälliger schwarz-weißer Rucksack entwendet worden sei.

»Ob das wohl wieder der gleiche Langfinger war, der neulich den Diebstahl im Kaufhaus begangen hatte?«, fragte Philipp auf dem Weg durch die Stadt.
»Keine Ah...!«, wollte Caro sagen. Doch in diesem Augenblick entdeckte sie eine Person, die einen solchen Rucksack bei sich trug, wie er soeben vor dem Geschäft von Otto Rabe entwendet worden war.



**Wo hielt diese Person sich auf?**

EUM
Kon
VEST

# 5. Spurensuche im Hinterhof

Caro sah die Person mit dem Rucksack gerade hinter der Litfaßsäule verschwinden. Zusammen mit Philipp und Flo rannte sie dem Verdächtigen hinterher. Hinter sich hörten sie noch den Geschäftsinhaber Otto Rabe fluchen. Die ihm entwendete Beute hatte einen Wert von 39,90 Euro gehabt. Die Detektive verfolgten unbeirrt die verdächtige Person mit dem Rucksack. Sie eilte in großen Schritten die Hufenallee entlang. Dann verlor sich ihre Spur in einem dunklen Hinterhof.

»Sie ist hier entlanggegangen!«, war Flo sich sicher. Die drei Detektive untersuchten die schmale Gasse genauer, um womöglich einen Hinweis zu entdecken, wohin die Person verschwunden war.

»Fehlalarm! Da haben wir uns wohl geirrt!«, meinte Caro, »hier ist der Dieb bestimmt nicht vorbeigekommen!«

»Nicht so voreilig!«, unterbrach Philipp sie, »Flo hat recht, der Dieb muss soeben hier gewesen sein. Dort liegt auch der Beweis!«



**? Welches Indiz hatte Philipp entdeckt?**

Milch
Butter
Wurst
Mehl

# 6. Das Rätsel der Plüschfeder

Auf ein Zeichen hin war Coco, der Kakadu, zu der Mülltonne hingeflogen und hatte das frisch abgerissene Preisschild hinter den Pappkartons herausgefischt.

»Tatsächlich, 39,90 Euro! Exakt der Preis des entwendeten Rucksacks. Klarer Fall, wir sind dem Dieb also noch auf den Fersen«, meinte Philipp, während er das Etikett betrachtete.

»Ob er wohl hier in irgendeinem der Hauseingänge verschwunden ist?«, fragte Flo, der vergebens nach dem Flüchtigen Ausschau gehalten hatte.

»Nicht ausgeschlossen!«, antwortete Caro. Aber dann machte sie am anderen Ende des Hinterhofs eine interessante Entdeckung. »Schaut, was ich gefunden habe!«, rief sie den Freunden zu und hielt ihnen eine große Plüschfeder entgegen.

»Etwa auch ein Utensil aus einem Diebstahl?«, witzelte Flo.

»Los, kommt mit, ich habe eine Idee!«, rief Philipp seinen Freunden zu.

Er vermutete, dass diese Feder zu einer der vielen Pferdedroschken gehören könnte, die der Verdächtige womöglich zuvor am Ende des Hinterhofs angehalten hatte, um seine Flucht auf vier Rädern fortzusetzen. Die Detektive suchten sofort den Droschkenplatz auf, um herauszufinden, ob tatsächlich bei einer der Pferdekutschen eine Plüschfeder fehlte.

»Eine Nadel im Heuhaufen zu finden ist ein Leichtes dagegen!«, meinte Caro, als sich die drei wenig später den vielen geschmückten Pferdedroschken gegenübersahen.

»Habe sie schon gefunden! Es gibt tatsächlich eine Kutsche, die infrage kommt!«, rief Flo freudestrahlend.



**? Welches Gefährt war es?**

f 17532
TISCHLEREI Nagel

# 7. Vorfall bei Grell & Schrill

Volltreffer!«, lobte Philipp, nachdem ein Kutscher, der mit seiner Droschke als Dritter hinter dem Springbrunnen stand, tatsächlich den Verlust einer Plüschfeder bei seinem Pferd bestätigt hatte.

»Stimmt, ich kann mich an eine Person mit Rucksack erinnern. Sie gab mir an dem betreffenden Hinterhof ein Zeichen, gerade als ich vorbeifuhr. Die Person wollte zur Uferpromenade gebracht werden«, erklärte der Kutscher.

»Das ist doch besser als nichts!«, antwortete Philipp und bedankte sich für die Auskunft.

Doch noch ehe die Lakritzbande Kurs auf das Flussufer nehmen konnte, wurde sie durch einen erneuten Vorfall aufgehalten:

Eine Menschentraube hatte sich vor dem Hutladen »Salon Grell & Schrill« um dessen aufgebrachten Ladeninhaber gebildet. Sein Hutsortiment war in der Auslage völlig durcheinandergeraten. So war sich der Ladeninhaber noch nicht sicher, welches Modell ihm entwendet worden war, auf jeden Fall aber schien eines zu fehlen.

Eine Touristin, die mit ihrem Handy zufällig vor dem Diebstahl die nostalgische Fassade des Geschäftes aufgenommen hatte, verschaffte Klarheit. Nachdem Caro sich das Foto auf dem Mobiltelefon angeschaut und mit dem aktuellen Hutsortiment vor dem Laden verglichen hatte, wusste sie, welches Modell gestohlen worden war.



**? Welcher Hut war es?**

Grell & Schrill
Grell & Schrill

# 8. Tango um Mitternacht

Ganz klar«, meinte Caro, »der helle Herrenhut wurde entwendet. Er ist mit einem Hutband mit senkrecht verlaufenden schwarz-weißen Streifen verziert!«
»Hier brauchen wir uns ja wohl nicht mehr umzuschauen. Der Dieb hat längst das Weite gesucht!«, war sich Philipp sicher.
Im Verlauf des Nachmittags suchten Philipp, Flo und Carolin zielstrebig die Uferpromenade ab, ob sich dort irgendein Hinweis finden ließe.

An den Kaimauern lagen viele Hausboote und Schuten vor Anker, dazwischen waren kleine Ruder- und Motorboote vertäut. Sie waren mit farbigen Lampions dekoriert. Leise Musik klang herüber, eine Band spielte das Lied »Tango um Mitternacht.«
»So spät ist es nun auch noch nicht. Aber wo könnte der Seriendieb hier bloß untergeschlüpft sein?«, fragte sich Flo.
»Nicht so voreilig! Wir haben bisher keinen Beweis, dass es sich bei allen Vorfällen um ein und denselben Täter handelt«, warf Caro ein.
»Kopf hoch, Freunde!«, rief Philipp dazwischen, »mir scheint, ich habe eine Spur! Wenn ich mich nicht irre, liegt dort hinten das gestohlene Hutmodell. Dann blickte er verstohlen auf die Litfaßsäule, die sich nur einen Steinwurf entfernt befand.
»Ich kann euch jetzt sogar verraten, welchen Namen unser Langfinger hat!«, kombinierte Philipp.



**? Wie hieß die gesuchte Person?**

Pepes Combo
LUSITANIA
OLE
KIRA
ENA
Pepes Combo
Klavier Carl
Geige Rico T.
Lino
Flöte
Django
Heute
RIKE
ULF
Molli
LEA
PIT
CORA
PAN
ISA

# 9. Blick in Djangos Kellerbar

Nachdem Philipp den gesuchten Hut neben einem Banjo auf einem der Stühle von »Pepes Combo« auf der »Lusitania« entdeckt hatte, fiel sein Blick auf die Konzertveranstaltung.

»Peppo Lino! So heißt der schräge Vogel«, klärte Philipp seine Freunde auf und zeigte dabei auf das Werbeplakat an der Litfaßsäule.

»Sicher nur ein Künstlername!«, war Flo überzeugt.

»Aber damit kriegen wir ihn!«, ergänzte Caro, »die Band tritt heute um 17.00 Uhr in ›Djangos Kellerbar‹ auf!«

Pünktlich traf die Lakritzbande vor diesem Etablissement ein und lugte durch die Scheibe in das Innere der Bar.

»Ein ganz schön schräger Laden! Und rappelvoll«, meinte Philipp, der sich die Gäste der Reihe nach anschaute.

»Einige Bandmitglieder sind auch schon anwesend!«, ergänzte Caro, »nur von Peppo Lino fehlt noch jede Spur!«

»Irrtum, dort steckt er doch!«, warf Flo ein.



**? Wo war Peppo Lino?**

# 10. Haltet den Dieb!

Nur anhand des Banjos konnte Flo Peppo Lino, der sein Instrument in den Händen hielt, links hinten vor dem Klavier ausfindig machen. Die Band begann mit zehn Minuten Verspätung und heizte alsbald die Stimmung unter den vielen Gästen auf. Philipp, Flo und Caro beobachteten die Szene weiter durch das Fenster. Die Musiker spielten gut eine Stunde und beendeten das Konzert, wieder einmal ertönte das Lied »Tango um Mitternacht«. Die Instrumente wurden verstaut und die Musiker verließen das Lokal. Nur der Banjospieler ließ sich nicht mehr blicken.

»Der ist wohl durch die Hintertür verschwunden!«, folgerte Philipp scharfsinnig und deutete auf den Notausgang, der sich unweit des Tresens befand.

»Wollen wir nicht die Polizei verständigen?«, warf Caro ein.

»Die Indizien werden nicht ausreichen!«, meinte Philipp, »wir müssen den Kerl in flagranti erwischen!«

Peppo Lino blieb erst einmal verschwunden. Doch bald machte er erneut von sich reden. An jenem Nachmittag schlenderte die Lakritzbande nach der Schule gerade den Krähenstieg entlang, als sie ein großes Stimmengewirr vernahm.

»Da ist wieder was im Busch!«, bemerkte Flo scharfsinnig.

»Stimmt! Ob etwa der Banjospieler wieder sein Unwesen treibt?«, warf Philipp ein.

»Haltet den Dieb!«, ertönte lautstark eine Stimme von Geschäftsinhaber Heinz Kroll, der die Straße entlanglief und vergeblich versuchte, dem Täter zu folgen.

»Klar, was dem gestohlen wurde!«, meinte Caro, »ich weiß auch, in welche Richtung sich der Dieb davongemacht hat.«



**? Welches Ziel steuerte der Dieb an?**

O. Seidel
R. Hintze
Holz
Tischler Rose
A. Klose
BAR
L. Thal
CAMPING ←PLATZ
Erltal
H. KROLL Angler-Bedarf
LAMPEN
Schuhe
POST
M.T. Fleisch
Tinsdorf
Seedorf
Neustadt
Kleve
Moors
E. Lamek Mode
MÖBEL Krahe

# 11. Blick von oben

Es war nicht schwer, eins und eins zusammenzuzählen. Heinz Kroll vertrieb in seinem Geschäft Anglerzubehör. Tatsächlich war das Diebesgut die Angel, die sich auf dem Anhänger eines Wagens befand, der mit hoher Geschwindigkeit Richtung Campingplatz davonbrauste.

»Seht ihr ihn?«, fragte Philipp, als er mit seinen Freunden wenig später dort eintraf.

»Nicht die Bohne!«, entgegnete Flo.

Doch Caro steuerte schon zielsicher auf einen kleinen Anhänger zu, der an ein Wohnmobil gekoppelt hinter einem Gebüsch versteckt war.

»Das muss das Fahrzeug sein. Aber es ist nichts zu erkennen. Die Fenster sind abgedunkelt und die Angel auf dem Anhänger ist verschwunden!«, stellte sie fest.

Philipp hingegen hatte die offen stehende Luke auf dem Dach des Wagens entdeckt. Kurz entschlossen kletterte er seinen Freunden voran auf einen daneben stehenden Baum und spähte von oben in das Innere des Fahrzeugs.

»Donnerwetter!«, auch Caro staunte nicht schlecht. »Volltreffer! Das ganze Diebesgut scheint hier deponiert zu sein!«

»Damit ist es bewiesen, Peppo Lino steckt hinter all den Diebstählen!«, schlussfolgerte Philipp.

»Nur von ihm selbst fehlt jede Spur!«, entgegnete Flo.

»Stimmt! Aber jetzt wissen wir wenigstens, wie sein richtiger Name lautet!«, stellte Philipp fest.



**? Wie lautete sein richtiger Name?**

endkurier
Urlaub
Sonne
Führerschein
Erich
Pohl
RIO

## 12. Coco im Zweikampf

Erich Pohl«, so lautete der Eintrag im Führerschein, den Philipp inmitten der Unordnung entdeckt hatte.

»Klarer Fall! Jetzt ist es an der Zeit, Lars und Leo zu informieren«, meinte Caro.

Flo sichtete unterdessen die Diebesbeute, die sich im Innern des Wohnmobils befand. Erich Pohl schien hier in Seelenruhe alle gestohlenen Wertsachen gehortet zu haben.

»Nur die teure Armbanduhr, die bei ›Cranich & Sohn‹ gestohlen worden war, kann ich hier nicht entdecken«, bemerkte Flo.

»Vermutlich wird sie Mister Pohl an seinem Handgelenk tragen«, antwortete Caro.

Plötzlich wurden die Detektive von einem lauten Spektakel unterbrochen. Coco, der Kakadu, hatte eine Elster unweit des Wohnmobils entdeckt. Sie zeterte laut, und Cocos Federhaube, anfangs noch flach angelegt, sträubte sich nun weit. Philipp wurde hellhörig, drehte sich dann zu seinen Freunden und grinste: »Ich hab's! Ich werde euch gleich verraten, wo die Armbanduhr steckt!«



**? Wo entdeckte Philipp die gestohlene Uhr?**

Y1-Z7

# 13. Der verräterische Laut

Hier ist sie!«, rief Philipp und zeigte stolz die Armbanduhr, die er aus dem Nest der Elster herausgefischt hatte.
Erich Pohl jedoch, alias Peppo Lino, blieb verschwunden.
»Der hat wohl Lunte gerochen, wie nah wir ihm auf den Fersen sind«, war Flo überzeugt.
Es verging eine weitere Woche, bevor die Lakritzbande die Spur des Banjospielers wieder aufnehmen konnte. Sie saß gerade mit Lars und Leo zusammen bei einer Cola, als Flo plötzlich den Musiker auf dem Marktplatz entdeckte.

»Auf geht's! Da ist der Kerl, den wir suchen«, frohlockte Flo.
Rasch winkte Lars dem Ober zu, zahlte die Getränke und eilte seinen Freunden hinterher.
»Dahinten läuft er«, rief Caro und steuerte auf die Prinzenstraße zu.
Noch bevor sie die Straße erreichten, vernahmen die Detektive ein seltsames Geräusch. »Krrks« machte es. Doch als die Lakritzbande dem Dieb in die Prinzenstraße folgte, war der Banjospieler bereits verschwunden.
»Verflixt! Nun ist uns der Kerl doch wieder entwischt!«, meinte Philipp entmutigt.
»Keine Sorge! Ich weiß, welchen Weg der Langfinger genommen hat«, entgegnete Flo, »der wird uns jetzt nicht mehr entkommen!«



**? Welchen Fluchtweg meinte Flo?**

Prinzenstr.

9
Nussdorf
Isenthal
1831

## 14. Das Versteck auf der Baustelle

Klarer Fall, über eine morsche Leiter, deren eine Sprosse nachgegeben hatte, hatte der Banjospieler eine Baustelle in der Prinzenstraße betreten.

»Aus der Ferne betrachtet, schien sie eben noch heil«, meinte Flo, der sie nun aus der Nähe inspizierte. »Seht, hier an der dritten Sprosse ist sie durchgebrochen!«

»Jetzt haben wir ihn! Peppo Lino sitzt in der Falle! Er wird uns nicht mehr entkommen«, war sich Leo sicher und stieg als Erster vorsichtig nach oben.

Wenig später standen alle zusammen im ersten Stock auf dem Estrichboden des Rohbaus und hielten nach dem Dieb Ausschau. Lars hatte schließlich etwas entdeckt.

»Auf geht's! Dort muss er sein«, rief er und zum Dieb gewandt: »Kommen Sie heraus, Mister Pohl! Das Versteckspiel ist jetzt endgültig aus!«

? **Wo hielt sich der Banjospieler versteckt?**

KIES

# Die Schatzkarte von Lilienstein

## 1. Der Fund auf dem Dachboden

Der Dieb war enttarnt. Lars hatte den Griff mit den Darmsaiten des Banjos zwischen Schutt und Bausteinen hinter den Brettern entdeckt. Erich Pohl kauerte dahinter.

Widerstandslos ließ er sich zur Vernehmung abführen. In seinem Wohnmobil konnten alle gestohlenen Gegenstände sichergestellt werden. Ihm ein Geständnis abzuringen war nur noch eine Formsache.

Philipp, Flo und Carolin nutzten die noch anstehenden restlichen Ferientage, um wieder einmal ihren Onkel Paul auf Burg Lilienstein zu besuchen. Fröhliche Tage standen bevor und sie stöberten überall in den Gemäuern der Burg herum.

»Lass das, Coco!«, rief Philipp seinem Kakadu zu, der auf dem Dachstuhl hinter einer maroden Holztruhe an einem vergilbten Papierfetzen zupfte. Philipp nahm das Papier an sich und faltete es auseinander. Er stutzte.

»Schaut! Ein Teil einer alten Tuschezeichnung!«, rief Philipp seinen Freunden zu.

Unterdessen zog Coco noch zwei weitere Papierfetzen hinter der Truhe hervor. Philipp legte alle Teile aneinander.

»Donnerwetter!«, rief Flo, »vermutlich der Umriss einer Insel!«

Caro kramte aus Onkel Pauls Bibliothek einen Heimatatlas hervor. Eifrig suchte sie nach diesem Eiland und zeigte dann mit dem Finger auf eine Abbildung: »Das hier muss es sein!«, war sie sich sicher.

**? Wie hieß diese geheimnisvolle Insel?**

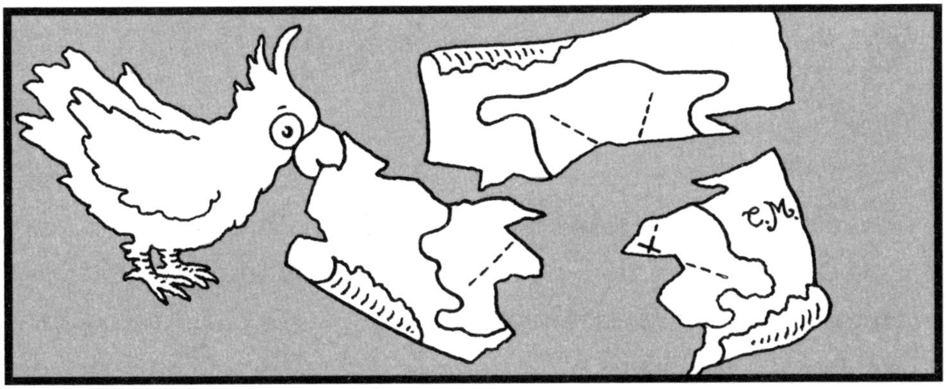
e.M.

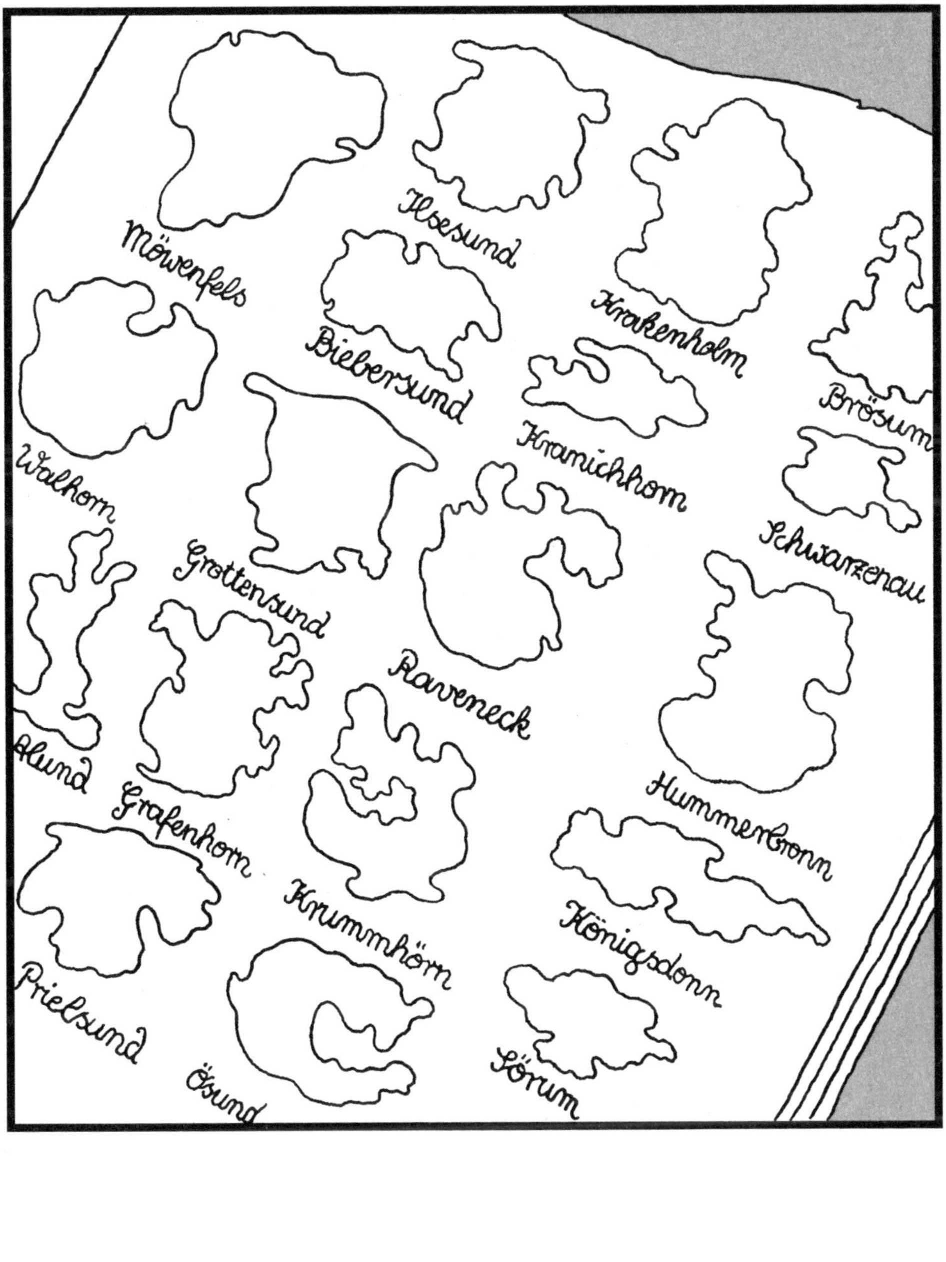
Möwenfels
Ilsesund
Krakenholm
Biebersund
Walhorn
Brösum
Kranichhorn
Schwarzenau
Grottensund
Raveneck
Grafenhorn
Hummerbronn
Krummhörn
Königsdonn
Prielsund
Ösund
Sörum

## 2. Der Hinweis im Schifffahrtsmuseum

Volltreffer! Die Umrisse stimmen überein«, bestätigte Philipp. Gemeint war die Insel Grottensund. Er machte sich sofort daran, die einzelnen Papierfetzen auf der Rückseite vorsichtig mit einem Klebefilm zusammenzuheften.

»Fragt sich nur, was das da zu bedeuten hat!«, meinte Flo, dem nicht entgangen war, dass inmitten der Tuschezeichnung auf den zwei gestrichelten Linien ein auffälliges Kreuz eingezeichnet war.

»Vielleicht der Hinweis auf einen Schatz!«, mutmaßte Caro.

»Das werden wir herausfinden! Zunächst aber müssen wir feststellen, wer hinter den Initialen ›C. M.‹ steckt!«, warf Philipp ein, der die beiden Buchstaben auf der Tuschezeichnung mit einer Lupe untersuchte.

Im Internet fand sich wider Erwarten keine Spur. Als die Lakritzbande Onkel Paul den angestaubten Fund vom Dachboden unter die Nase hielt, hob er nur stirnrunzelnd die Augenbrauen und musste erst einmal kräftig niesen.

»Schaut mal im Schifffahrtsmuseum vorbei!«, schniefte er, »vielleicht findet ihr dort was!«

Gleich am nächsten Morgen machten sich Philipp, Flo und Carolin auf den Weg. Sie begannen im dunklen Untergeschoss des Museums, wo sie zwischen alten Schiffsmodellen, Büsten und Galionsfiguren stöberten.

»Ob das wohl die Person war, die damals ihre Initialen auf der Schatzkarte hinterlassen hat?«, fragte Philipp seine Freunde, als er einen möglichen Hinweis entdeckt hatte.



**? Wen meinte Philipp?**

Schwertfisch
Moby & Ulf 1657
Rik Rot
Butt 1767
Ismar Ebel
Elisa Mopp
Elias
Malte Fleck
Odin Ezel
Cosimo Treck
IVO
Ole Poll
Claas
Haakon Rosen
Ophelia
Corin Noll
Eugen
Dario
Cord Ohm
Aurora
Igor Mazel

# 3. Vor verschlossener Tür

Philipps Blick war auf die Büste des einäugigen Piraten Caspar Möwenkieker gefallen, die rechts im Gewölbe an der Wand hing.

»Wäre ja wirklich ein Ding, wenn dieser Möwenkieker vor über zweihundert Jahren diese Schatzkarte angefertigt hätte!«, meinte Flo, als er mit seinen Freunden vor der Büste stand.

»Das finden wir noch heraus!«, war Philipp überzeugt.

Noch am gleichen Tag fuhren die drei Freunde an die Küste, um sich von dort auf die Insel Grottensund übersetzen zu lassen. Direkt am Ortseingang fragte Philipp einen Akkordeonspieler:

»Sagen Sie, wie kommen wir am besten auf die Insel Grottensund?«

Abrupt verstummte sein Akkordeon.

»Lasst die Finger davon! Da fährt euch keiner freiwillig hin. Die Küste ist zerklüftet und zu sehen gibt's nichts!«, brummte der Mann, während seine Pfeife in seinem rechten Mundwinkel hing. »Ihr könnt ja mal in der Taverne ›Zum schwarzen Anker‹ gehen. Vielleicht hilft euch da jemand weiter, aber ich garantiere für nichts!«, fuhr der bärtige Mann fort und begann wieder auf seinem Instrument zu spielen.

Während Flo und Carolin noch dem Akkordeonspieler zuhörten, blickte Philipp sich verstohlen um.

»Dort ist die Taverne!«, meinte er zu seinen Freunden gewandt. »Aber sie hat noch geschlossen. Gut Ding will eben Weile haben!«, fuhr er fort und schaute seine Freunde verschmitzt an.



**? Wie lange musste die Lakritzbande warten?**

RILKE+CO
1859
Rasin+Co
1857
Kron
Tischlerei
Krol & Söhne
Kroll und Kramer
XII
RUSE
oll & Co
J. Rotblut
Zum schwarzen Anker
Zeiten Mo-So 17⁰⁰ 22⁰⁰

# 4. Die Suche nach einem Seebären

Philipp wies auf die angegebenen Öffnungszeiten am Fenster der Taverne und zeigte anschließend auf die Kirchturmuhr. »Noch genau eineinviertel Stunden, dann macht die Kneipe auf!«, informierte er seine Freunde und pfiff dabei durch die Zähne.

Punkt 17.00 Uhr wurde die Taverne geöffnet. Bärtige Männer und dunkle Gestalten mit wettergegerbten Gesichtern suchten die Spelunke auf.

»Gibt es hier jemanden, der uns zur Insel Grottensund hinüberfahren kann?«, fragte Philipp, der mutig auf eine Person zusteuerte, die am Stock ging und sich der Taverne näherte.

»Fragt nach Kater Roluf!«, krächzte der zahnlose Alte und schob sich weiter in die Taverne, steuerte auf den Tresen zu und verschwand in einem kleinen Raum dahinter.

»Kater Roluf?«, fragte Caro, »wer mag das nur sein?«

»Ihr seid wohl nicht von hier!«, ertönte jetzt die Stimme eines dickbäuchigen Seebären, der plötzlich hinter der Lakritzbande auftauchte. »Ist doch klar! Eben Roluf und sein vierbeiniges schwarzes Ungeheuer!«, prustete er und verschwand grell lachend ebenfalls in der Taverne.

»Das wäre zumindest geklärt!«, meinte Caro, als sie daraufhin verstohlen durch das Fenster ins Innere der Taverne blickte. »Kater Roluf ist der dort hinten!«

 **? Wo war Kater Roluf?**

6
August

# 5. Ein Fund auf der Insel

Es dauerte keine zwei Minuten und Kater Roluf erhob sich hinter dem Pfeiler mit seinem schwarzen Ungetüm auf der Schulter. Er verließ die Taverne und steuerte direkt auf die Kinder zu. »Der fette Seebär hat mir soeben erzählt, dass ihr mich sucht! Was wollt ihr denn von mir?«, raunzte er die Lakritzbande an, während sein schwarzer Kater in Angriffsstellung verharrte, als wolle er jeden Augenblick Coco, den Kakadu, anfallen. »Ihr wollt tatsächlich auf die Insel?«, brummte Kater Roluf weiter und verzog das Gesicht.

»Einen Ausflug machen«, antwortete Philipp unschuldig, trat aber instinktiv einen Schritt zurück.

Auch Coco krächzte und seine Federhaube stellte sich auf. Argwöhnisch beäugte Kater Roluf die Lakritzbande. Ihm war nicht entgangen, dass Philipp die eingerollte Schatzkarte auf seinem Rücken zu verbergen suchte.

»Nun gut Kinder!«, meinte Kater Roluf besänftigend, »morgen früh um 11.00 Uhr bin ich am Hafenbecken.«

Dann verschwand er wieder in die Taverne.

»Ein unheimlicher Kerl!«, konstatierte Flo.

Am nächsten Morgen sah Flo schon von Weitem Kater Roluf, der mit finsterer Miene und mit seinem schwarzen Ungetüm die Lakritzbande auf seinem Motorboot »Ikarus« erwartete. Während der zweistündigen Überfahrt herrschte reger Wellengang. An einem Felsvorsprung ließ er die Detektive aussteigen und befahl ihnen, sich in drei Stunden wieder einzufinden!

»Ob hier jemals zuvor ein Mensch gestrandet ist?«, fragte Caro.

»Mit Sicherheit!«, gab Flo zurück, »schaut mal hier!«



**? Worauf fiel sein Augenmerk?**

# 6. Beobachtung im Dickicht

Wie lange das wohl schon her ist!«, fragte sich Flo, als er seine Freunde auf einen alten Büffelschädel hinwies, den er hinter dem Gebüsch entdeckt hatte und der sicher schon vor langer Zeit von jemandem an einen Holzpfahl genagelt worden war. Ausgerüstet mit Schatzkarte in der einen und einem Kompass in der anderen Hand, bahnte sich Philipp einen Weg landeinwärts. Flo und Carolin folgten ihm.

»Keine Menschenseele!«, meinte Philipp, als sie eine Rast einlegten.

»Pst!«, unterbrach Caro ihn. Sie hörte leises Rascheln im Gebüsch und entdeckte plötzlich das schwarze Ungetüm von Kater Roluf. Fauchend und mit gesträubtem Fell stellte sich das Tier den Detektiven in den Weg.

»Aha, dann kann der alte Seebär auch nicht weit sein!«, war sie überzeugt.

»Du hast recht, dahinten steckt er!«, flüsterte Philipp seinen Freunden zu, »der Kerl scheint uns nachzuspionieren. Wir müssen ihn unbedingt abschütteln!«



**? Wo hatte sich der Seebär versteckt?**

# 7. Vor der Turmruine

Nachdem sie Kater Roluf links hinter den Bäumen bei den Felssteinen entdeckt hatte, versuchte die Lakritzbande, den Mann loszuwerden. Nach einer Wegbiegung beschleunigten Philipp, Flo und Carolin ihre Schritte. Sie folgten einem verschlungenen Trampelpfad, der sie wenig später zu der Ruine eines Turmes führte.

»Die Tür ist verschlossen!«, stellte Philipp fest, der sich mehrfach gegen das Portal gestemmt und vergeblich versucht hatte, es zu öffnen.

»Wo rohe Kräfte sinnlos walten. Versuch's doch mal mit einem Schlüssel!«, schlug Caro gönnerhaft vor. Genau diesen Gegenstand hatte sie in unmittelbarer Nähe entdeckt und machte sich nun daran, ihn für Philipp zu holen.



**? Wo war der Schlüssel?**

# 8. Ausblick von der Schießscharte

Caro holte den gusseisernen Schlüssel aus einem hohlen Baumstumpf hervor und reichte ihn Philipp.
»Passt genau!«, meinte Philipp erfreut, als er den Schlüssel ins Türschloss steckte und zweimal herumdrehen konnte.
Knarrend ließ sich die Tür öffnen, doch nach nur wenigen Stufen endete die Wendeltreppe ins Leere. Der obere Teil des steinernen Aufgangs war bereits eingebrochen. Nacheinander steckten die Detektive ihre Köpfe aus einer großen bogenartigen Öffnung im Mauerwerk. Von hier aus hatten sie einen wunderbaren Ausblick über die Insel. Sie schauten sich immer wieder die Schatzkarte an und versuchten zu ergründen, wo sich das eingezeichnete Kreuz auf der Insel befand. Sie drehten und wendeten die Karte hin und her.

»Es muss hier irgendwo vier gleiche Dinge geben, die über Kreuz gedanklich mit einer Linie verbunden exakt den gestrichelten Linien auf der Schatzkarte entsprechen«, war sich Caro sicher.
»Du hast recht. Und auf dem Schnittpunkt der beiden Linien werden wir des Rätsels Lösung finden!«, ergänzte Flo.
»Los, kommt mit, ich verrate euch, um welche vier Zeichen es sich handelt und wo wir den Schatz zu suchen haben!«, triumphierte Philipp und rannte voraus.



**? Welches Ziel steuerte Philipp an?**

C.M.
C.M.
C.M.
C.M.

# 9. Caspar Möwenkiekers Schatz

Für Philipp bestand kein Zweifel: Die eingeritzten Zeichen, die er auf vier verschiedenen Steinen entdeckte, waren ihm nur allzu bekannt: Die Buchstaben »C. M.«, das waren offensichtlich die Initialen von Caspar Möwenkieker.

»Und hier an dieser Stelle wird der Schnittpunkt sein!«, war sich Philipp sicher und zeigte auf einen auffällig spitzen Findling. Mit vereinten Kräften gelang es der Lakritzbande, diesen aus dem Erdloch zu heben und beiseitezuschaffen. Die Detektive lockerten mit einem Stock den Erdboden und gruben mit bloßen Händen, bis sie auf einen harten Gegenstand stießen.

»Volltreffer! Wir sind auf der richtigen Spur«, war sich Philipp sicher. Er ertastete einen metallenen Ring, umgriff ihn und zog mit Leibeskräften. Tatsächlich ließ sich eine marode Holzabdeckung öffnen. Ein unterirdischer Hohlraum tat sich auf. Mit seiner Taschenlampe leuchtete Philipp hinein.

»Das glaubt uns keiner!«, jubelte Philipp, »Welch ein Fund!« Sofort holte er sein Mobiltelefon heraus, um die sensationelle Neuigkeit Kriminalkommissar Lars und Leo mitzuteilen.

»Verflixt, kein Empfang! Vermutlich sitzen wir in einem Funkloch«, ärgerte sich Philipp. Machte aber immerhin einige Fotos.

Immer wieder schauten sich die Detektive die Überreste alter Waffen und Rüstungen an, zwischen denen Edelsteine und Münzen funkelten.

»Welch tragische Geschichte wohl dahintersteckt!«, fragte sich Caro.

»Ohne Zweifel. Und der dort kann uns auch keine Auskunft mehr geben!«, ergänzte Flo.



? **Wen meinte er damit?**

# 10. Ausgetrickst!

Ein Schädel und die Knochen eines Menschen lagen versteckt hinter einem zerbrochenen Krug. Nachdem Philipp mit seinem Mobiltelefon ein Foto von der Schatzkammer gemacht hatte, beeilte sich die Lakritzbande, die Luke wieder zu schließen und den Eingang so zu hinterlassen, wie sie ihn vorgefunden hatte.
»Auf zu Lars und Leo! Dieser Fall wird sie umhauen«, meinte Philipp und fügte hinzu, »und bloß kein Wort zu Kater Roluf!«
Die Lakritzbande ließ sich von ihm zurück zum Festland bringen. Argwöhnisch schaute er die Kinder immer wieder an, aber wechselte die Fahrt über kein einziges Wort mit ihnen. Nach der Ankunft ließ er sich ausbezahlen und verschwand.
»Ob er etwas mitbekommen hat?«, Flo war sich nicht sicher.
»Nicht die Bohne! Den hatten wir doch unterwegs abgeschüttelt«, beschwichtigte ihn Philipp.
Doch es sollte anders kommen. Schon am nächsten Morgen kehrte die Lakritzbande mit Lars und Leo an die Küste zurück. Vergeblich versuchten sie, Kater Roluf ausfindig zu machen. Er war nirgends! Erste Zweifel kamen auf. Erst als Lars seine Dienstplakette vorzeigte, fand sich ein hagerer Bootsbesitzer bereit, die Detektive zur Insel überzusetzen. Dort suchten sie die unterirdische Schatzkammer auf. Lars hievte die Luke hoch.
»Verdammt! Alles ausgeräubert!«, rief Philipp enttäuscht, »da kann nur Kater Roluf dahinterstecken.«
Zurück auf dem Festland suchten sie ihn vergebens in seinem Haus auf. Doch ein Blick auf das Mobiltelefon und durch ein Fenster an der Rückfassade des Hauses verriet ihnen: Der Fund aus der Schatzkammer war bereits bei Kater Roluf gelandet.



**? Welchen Beweis entdeckten sie?**

# 11. Kater Roluf im Visier

Hier ist der Beweis!«, Philipp war sich sicher und zeigte auf das alte Messer, das er zuvor in der Schatzkammer zufällig mit seinem Mobiltelefon abgelichtet hatte und das sich nun auf dem gemusterten Teppich befand, der in einer Kammer von Rolufs Behausung ausgelegt war.

»Pst! Kater Roluf scheint zu kommen«, flüsterte Caro, als sie Schritte von jemandem vernahm, der sich den Detektiven näherte.

Geistesgegenwärtig hatte sich die Lakritzbande hinter einem Müllcontainer versteckt und wartete ab. Von dort aus beobachteten die Detektive, wie Kater Roluf für einen kurzen Moment in seinem Haus verschwand. Doch es dauerte keine fünf Minuten, bis er wieder vor die Tür trat. Er war nervös und schien ungeduldig auf jemanden zu warten.

»Was er wohl in seinem Haus gewollt hat?«, fragte sich Flo.

»Das ist doch klar«, entgegnete Leo, »ich weiß, was er gesucht hat!«

**Was war Leo aufgefallen?**

1875

1875

# 12. Ein sicheres Zeichen

Leo hatte bemerkt, dass Kater Roluf nun an seinem Gürtel einen Schlüssel trug. Ungeduldig ging er vor dem Haus auf und ab.
»Auf wen wartet er bloß?«, fragte sich Flo.
»Vermutlich auf seine Komplizen«, war sich Caro sicher, als sich zwei Gestalten mit einem Fuhrwerk dem Haus näherten.
»Doch nicht hier! Los, zum Nebeneingang!«, rief Kater Roluf barsch seinen Kumpanen zu und zeigte auf die Holztür an der Seite des Hauses.
Er nahm seinen Schlüssel vom Gürtel und schloss die Tür auf.
»Lauter Jutesäcke«, sagte Flo, als das Fuhrwerk beladen wurde.
»Klar, darin haben sie den Schatz versteckt!«, entgegnete Philipp. Ihm war nicht entgangen, dass Kater Roluf und seine Kumpanen, die mit vereinten Kräften einen Sack nach dem anderen auf das Fuhrwerk hievten, bald ziemlich schweißgebadet waren.
»Gleich werden sie türmen«, mutmaßte Lars und wollte sich schon den Dieben in den Weg stellen, um ihnen das Handwerk zu legen.
Leo riet ab. Ihm war klar, es gab weitere Drahtzieher der Bande.
»Mit den beiden letzten Säcken komme ich nach«, gab Kater Roluf seinen Kumpanen zu verstehen.
Mit einem Peitschenhieb setzte einer der Männer das Fuhrwerk in Bewegung. Kurz darauf verschwand Kater Roluf, der ein mit Säcken beladenes Pferd am Zügel führte. Die Detektive folgten.
»Welches ist denn nun seines?«, fragte Leo, als die Detektive sich am Ziel plötzlich vielen weiteren Pferden gegenübersahen.
»Da ist es!«, rief Lars, »Aber die Säcke sind schon abgeladen.«



? **Welches Pony war es?**

17
1711
Druck+Farben
Hufschmied
G.N.

# 13. Treffpunkt – 18.00 Uhr am Pier

Kriminalkommissar Lars hatte entdeckt, dass das gesuchte Pferd als zweites Tier hinter dem kleinen Betrieb »Druck & Farben« stand. Er hatte es an seinem Brandzeichen wiedererkannt. Die Lakritzbande näherte sich diesem Schuppen und beobachtete verstohlen, was dort weiter vor sich ging.

»Die sind ganz schön ausgefuchst!«, bemerkte Leo und wies auf Kater Roluf und seine Männer, die gerade die prall gefüllten Jutesäcke mit einem Emblem, einem schwarzen Stern mit weißem Punkt und der Aufschrift »CASPAR-TEE« versahen.

»Scheint eine ganz besondere Mischung zu sein!«, meinte Lars. Er wollte schon seine Dienstwaffe entsichern, um die Diebesbande zu stellen, als ein Komplize aus dem hinteren Raum erschien und den Männern zurief:

»Alles klar! Die Ladung kann heute noch rausgehen. Um 18.00 Uhr am Pier!«

»Wohin diese Reise wohl geht?«, fragte sich Flo.

»Wir werden pünktlich vor Ort sein, wenn die Jutesäcke am Hafen verladen werden«, antwortete Leo.

Zehn Minuten vor dem vereinbarten Treffen fand sich die Lakritzbande dort ein, um den Abtransport der Teesäcke zu beobachten. Sie fixierte die »Ikarus«, das Motorschiff von Kater Roluf, das vertäut am Pier lag.

»Die Bande scheint etwas gemerkt zu haben!«, meinte Caro, als die Detektive vergeblich auf das Verladen des wertvollen Schatzes warteten. Doch dann entdeckte sie plötzlich das Emblem der Teesäcke wieder und wusste, welches Schiff für den geheimen Transport vorgesehen war.



**? Welches Schiff war es?**

ISA
CORA
A17
PIRAT
TY11
PIT
T17
PORTOS
POSEIDON
OLE
LINA
Information
NEPTUN
JUPITER
KIRA
MILA
SANDY
KOLIBRI
IKARUS
Rose
LORE
Bootsclub
LEA
PELIKAN

# 14. Ein kurzes Telefonat

Ausgerechnet am Bug des Schiffes namens »Pirat« entdeckte Caro das Emblem wieder, das sich auch auf den zuvor bedruckten Jutesäcken befand. Es war der schwarze Stern mit weißem Punkt, der am Ende des Piers deutlich an einem Schiffsrumpf zu sehen war. Caros Vermutung bestätigte sich, auch Kater Roluf selbst war an Bord. Heimlich näherte sich die Lakritzbande dem Motorschiff und entdeckte die bereits übereinandergestapelten Teesäcke wieder. Das Schiff schien abfahrbereit.

»Fragt sich jetzt nur, an wen die Schiffsladung adressiert ist«, flüsterte Flo und runzelte die Stirn.

»Keine Bange, das werden wir noch herausfinden!«, war Philipp überzeugt.

»Pst!«, meinte Lars, als an Bord plötzlich ein Mobiltelefon klingelte.

»Hallo?«, meldete sich Kater Roluf knapp und wartete einen Augenblick ab.

»Geht in Ordnung, Herr Ba.... Ja, Entschuldigung, hab verstanden, keine Namen! Und Ihr Erkennungszeichen? Ah gut, Sie warten am Pier mit einer weißen Pfeife. Also dann bis morgen zur vereinbarten Zeit«, fuhr Kater Roluf eingeschüchtert fort und beendete das Gespräch.

»Jetzt haben wir es schwarz auf weiß, welchen Zielort Kater Roluf morgen ansteuern wird«, flüsterte Caro ihren Freunden zu.

»Stimmt! Dann lassen wir morgen dort die Bande auffliegen«, ergänzte Lars zufrieden.



**? Welches Ziel sollte angesteuert werden?**

Ahoi
Termine
Treffen
Oleam
Sonntag
15$^{00}$ Uhr
CASPAR TEE
CASPAR TEE

# 15. Herrn Bartlik im Visier

Caro war auf eine handgeschriebene Notiz aufmerksam geworden, die auf dem Schreibtisch in der Kajüte lag.
»Vermutlich eine Liste mit Namen sämtlicher Kunden, die Interesse an den geheimnisvollen Teesäcken haben«, meinte Philipp, als er sich mit seinen Freunden vom Hafenbecken entfernte.
»Einzig und allein der mysteriöse Herr Bartlik scheint letztendlich angebissen zu haben«, ergänzte Caro.

»Vielleicht hat er das höchste Gebot abgegeben!«, warf Flo ein.

»Das werden wir herausfinden! Auf geht's nach Grönberg«, fügte Philipp entschlossen hinzu.

Am folgenden Tag hatte die von Lars informierte Hafenpolizei rechtzeitig Stellung im Hafen von Grönberg bezogen. Sie wartete nur noch auf ihren Einsatz.
»Kater Roluf ist schon eingetroffen!«, stellte Leo fest. Er hatte das Schiff unmittelbar an der Landungsbrücke gesichtet und beobachtete die Seemänner, die die wertvolle Ladung löschten.
»Nur Bartlik selbst lässt sich nicht blicken!«, warf Philipp ein, der sich unter den vielen Menschen umgeschaut hatte. »Ob er doch kalte Füße bekommen hat?«
»Irrtum, warum denn in die Ferne schweifen?«, meinte Flo, »Dort steckt er. Er ist der Einzige weit und breit mit einer weißen Pfeife. Vermutlich wartet er noch ab, ob die Luft rein ist!«



**? Wo war Bartlik?**

1853
PICO
TA17
PIRAT
ORION

# 16. Feilschen um den Piratenschatz

Mit seiner weißen Tabakspfeife war Bartlik nicht zu übersehen. Er stand, ohne sich dessen bewusst zu sein, in unmittelbarer Nähe der Detektive hinter der Laterne. Nun steuerte er auf das Schiff von Kater Roluf zu und verfolgte mit zufriedener Miene, wie nach und nach die restlichen Teesäcke entladen und von Rolufs Komplizen in den Speicher zwölf transportiert wurden.
»Einsatz starten!«, gab Lars jetzt per Mobiltelefon an die Hafenpolizei weiter, während die Diebesbande gerade zum Schiff »Pirat« zurückkehrte, um die letzten Teesäcke zu holen.
Auf das Kommando hin setzte sich das Polizeiboot in Bewegung und versperrte dem Schmugglerschiff den Fluchtweg.
»Hände hoch! Alle Mann herauskommen!«, befahl Lars vom Landesteg aus. »Immerhin, vier Halunken haben wir!«, äußerte er zufrieden, »Nur die Hauptakteure fehlen uns noch!«
»Die verhandeln bereits im Speicher zwölf!«, mutmaßte Leo.
»Dann nichts wie hin!«, forderte Lars seine Freunde auf, während die Hafenpolizei der übrigen Diebesbande Handschellen anlegte und sie auf das Polizeiboot brachte.
Die Lakritzbande schlich die Treppenstufen im Speicher zwölf hinauf. Im dritten Stock vernahm sie leise Stimmen.
»Kater Roluf und Bartlik!«, flüsterte Leo, als er sich umschaute.
»Fünfzigtausend und keinen Deut mehr!«, fauchte Bartlik Kater Roluf an, »immerhin ist die Ware heiß.«
»Stimmt!«, ergriff Lars das Wort, »und ich fürchte, Sie haben sich schon mächtig die Finger daran verbrannt. Das Spiel ist aus! Ihr Geld und der Piratenschatz werden sichergestellt.«



**? Wo hatte Bartlik sein Geld?**

PIRAT
POLIZEI

Info
131
CASPAR TEE
KAKA
Tee
Kurier

# Das verschollene Notenblatt

## 1. Auftakt mit lautem Knall

Lars Blick fiel auf die große offen stehende Teedose, in der das viele Geld in gebündelten Scheinen für die Bezahlung des Piratenschatzes bereitlag.

»Na prima, wie kann man sich nur so dusselig anstellen! Hatten Sie der Polizei etwa gleich 'ne Einladungskarte mitgeschickt?«, wandte sich Bartlik hämisch an Kater Roluf.

Dieser hatte sich unterdessen der Verladeluke genähert, um einen möglichen Fluchtweg über die Seilwinde auszuloten.

»Keine Chance! Dort unten am Kai werden Sie auch bereits von Polizeibeamten erwartet«, beschwichtigte ihn Lars.

Sich der aussichtslosen Lage bewusst, ließen sich Kater Roluf und auch Bartlik bereitwillig abführen. Der Piratenschatz wurde nach eingehender Begutachtung alsbald dem hiesigen Schifffahrtsmuseum übergeben.

Einige Zeit verstrich. Da passierte es, an einem Tag, spät im Oktober. Die Lakritzbande war gerade unterwegs, um Winterfutter für die Vögel zu besorgen, als sie einen lauten Knall vernahm.

»Was war das?«, rief Caro überrascht und horchte.

»Hört sich ganz nach einem heftigen Blechschaden an!«, erwiderte Flo.

»Du hast recht!«, bestätigte Philipp, »dahinten ist ein Unfall passiert!«

**Wo hatte sich der Unfall ereignet?**

5
Bergstr.
Rosenallee
Ziegelgasse
opfenallee
Perlen
Kronstieg

# 2. Der rätselhafte Damenhandschuh

Es war eine ältere Frau, die den Unfall an der Ecke Hopfenallee und Ziegelgasse vermutlich selbst verursacht hatte und jetzt hilflos bei ihrem Wagen stand. Von dem Fahrer des anderen Autos war allerdings weit und breit nichts mehr zu sehen.

»Er war in einen Schal eingehüllt und hatte sich kurz als Herr Bela, Jonas Bela, ausgegeben«, berichtete die Frau aufgelöst. »Dann hat er plötzlich seinen Kofferaum geöffnet, einen großen, in eine Decke gehüllten Gegenstand herausgeholt und ist einfach verschwunden!«

Kurz darauf trafen auch Lars und Leo am Unfallort ein. Sie brachten die Nachricht mit, dass das verlassene Fahrzeug zuvor bei der Polizei als »Gestohlen« gemeldet worden war.

»Na, dann wissen wir ja wenigstens, weshalb der Mann so schnell das Weite gesucht hat!«, meinte Philipp.

Zur weiteren Ermittlung des Falles wurden die Personalien der älteren Frau aufgenommen und der Unfallhergang rekonstruiert. Der gestohlene Wagen wurde auf Spuren hin untersucht. Auf dem Beifahrersitz entdeckten Beamte einen einzelnen auffälligen Damenhandschuh mit Spitze. Auf Nachfrage hin wurde versichert, dass er nicht dem Wagenbesitzer gehört habe.

»Hmm, dem Fahrzeugdieb aber sicher auch nicht!«, meinte Caro, »saß vielleicht noch eine zweite Person im Wagen?«

»Ausgeschlossen!«, antwortete Flo.

Stadteinwärts im Gewirr der vielen Menschen machte die Lakritzbande unverhofft eine interessante Entdeckung.

»Schaut mal dort! Diese Frau trägt den gleichen Handschuh, der im Auto aufgefunden wurde«, rief Philipp.



**Welche Frau meinte Philipp?**

1876
CAFE

# 3. Ein Hinweis in der Klavierwerkstatt

Klarer Fall, es war die Person, die an der einen Hand einen solchen Handschuh trug, dazu einen auffälligen schwarz gepunkteten Regenschirm mit dunklem Griff, und geradewegs auf das Café zusteuerte.
»Ob sie tatsächlich mit dem Fahrzeugdieb unter einer Decke steckt?«, überlegte Flo, als er sich mit seinen Freunden der Frau näherte.
»Sie scheint Verdacht zu schöpfen!«, bemerkte Caro, die sah, wie die Person plötzlich ihre Schritte beschleunigte.
Schon war sie aus dem Blickfeld der Lakritzbande verschwunden. Zurück blieben eine Menge wirrer Ungereimtheiten. Unterdessen hatte die Auswertung des Navigationsgerätes, das im gestohlenen Fahrzeug vorgefunden worden war, interessante Neuigkeiten ergeben. Das letzte Fahrtziel musste vom Dieb selbst eingegeben worden sein: Heiligengasse 9. Das war die Adresse eines kleinen heruntergekommenen Hauses zwischen zwei Wohnhäusern. Die großen Buchstaben über der Fassade waren nicht zu übersehen. Es handelte sich um die Klavierwerkstatt Kurt Polier. Die Jalousien waren heruntergelassen.
Philipp klingelte an der Haustür.
»Scheint keiner da zu sein!«, meinte er.
»Vielleicht ist es unbewohnt«, fügte Flo hinzu.
Im Hinterhof an der Rückfassade des Hauses entdeckte Caro ein weiteres Fenster, das nicht abgedunkelt war, und stellte verblüfft fest: »Da bin ich anderer Meinung! Ich wette, die Frau, die wir vorhin in der Menschenmenge entdeckt haben, war in der Zwischenzeit hier!«

**? Wie kam Caro darauf?**

# 4. Eine treffsichere Beobachtung

Es war der auffällige schwarz gepunktete Regenschirm, den die Frau zunächst bei sich gehabt hatte und den Caro nun in der Klavierwerkstatt hinter der Zimmertür entdeckt hatte. Da lag der Verdacht nahe, dass genau diese Frau in der Zwischenzeit hier gewesen sein musste. Für die Lakritzbande stand fest, diese Person war zweifellos in die Geschichte verstrickt.

»Was steckt bloß dahinter?«, fragte Flo.

»Das werden wir noch herausbekommen!«, war Philipp überzeugt.

In den folgenden Tagen beobachtete die Lakritzbande, unter einem Torbogen versteckt, ob jemand die gegenüberliegende Klavierwerkstatt aufsuchen würde. Doch nichts tat sich. Die Jalousien waren weiterhin runtergezogen.

Ein Wetterumschwung setzte ein. Nach kurzem Schneefall und Tauwetter brachen eisige Frosttage herein. Zweifellos war zwar der Gehweg von einigen Menschen benutzt worden, doch Fußspuren waren aufgrund der dünnen vereisten Schneedecke nicht festzustellen. Am darauf folgenden Tag jedoch machte Flo eine treffsichere Beobachtung: »Klarer Fall, eine Person muss die Klavierwerkstatt in der Zwischenzeit betreten haben!«, war er sich sicher.



**? Wie kam er darauf?**

Klavierwerkstatt Kurt Polier
9

Klavierwerkstatt Kurt Polier
9

# 5. Blick in den Trödelladen

Jemand muss die Haustür geöffnet haben!« Scharfsinnig hatte Flo festgestellt, dass, obwohl kein Tauwetter eingesetzt hatte, von einem auf den anderen Tag der Schnee auf der Türklinke fehlte.

Die neueste Ausgabe des »Morgenkurier« wartete mit einem weiteren Hinweis auf.

»Donnerwetter!«, rief Philipp, als er nach Schulschluss die Zeitung in Händen hielt, in der erstmals von dem Fall berichtet wurde.

»... Ein weiterer Zeuge bestätigte, dass der Gegenstand, den die flüchtige Person des gestohlenen Fahrzeugs am Unfallort mitgenommen hatte, eine Besonderheit aufwies. Zwar war er in eine Decke gehüllt, aber nach Zeugenaussage lugte ein geschwungener Messingfisch hervor. Die Polizei steht noch vor einem Rätsel!«

Doch die Lakritzbande hatte wieder einmal Glück. Gerade als sie an einem Geschäft mit Trödelwaren vorbeikam, machte Caro die große Entdeckung.

»Was meint ihr? Könnte tatsächlich ein solcher Gegenstand es wert sein, um in der Eile auf der Flucht mitgenommen zu werden?«, fragte sie stirnrunzelnd, während sie sich am Schaufenster ihre Nase platt drückte.

»Das fragen wir doch am besten gleich den Geschäftsinhaber höchstpersönlich!«, entgegnete Philipp und steuerte auf den Ladeneingang zu.



**? Welchen Gegenstand meinte Caro?**

# 6. Ein Licht geht auf

War diese Stehlampe, deren Schirm ein Messingfisch zierte, es tatsächlich wert, nach einem Verkehrsunfall mitgenommen zu werden? Hellhörig wurden die jungen Detektive jedoch, als sie vom Geschäftsinhaber erfuhren, dass diese Leuchte aus Einzelteilen bestand, die zusammengeschraubt werden konnten.

»Ich kombiniere, in einer solchen Lampe muss etwas versteckt gewesen sein, das wertvoll genug war, um den ganzen Beleuchtungskörper in Eile fortzuschaffen!«, war Philipp überzeugt, nachdem er mit seinen Freunden das Geschäft bereits verlassen hatte.

»Auf jeden Fall muss es ein anderes Exemplar gewesen sein!«, ergänzte Flo. Denn er war vom Geschäftsinhaber unterrichtet worden, dass die im Geschäft ausgestellte Lampe ein Ladenhüter war und sich bereits seit Jahren in seinem Sortiment befand.

Im Taubenatelier wurde die Lakritzbande ungeduldig von Lars und Leo erwartet, die eine weitere Neuigkeit bereithielten. Kurz zuvor war beim Polizeipräsidium der Anruf eines alten Mannes eingegangen, der einen Diebstahl in seiner Villa melden wollte.

»Ich war einige Tage unterwegs. Nach meiner Heimkehr fand ich hier dieses Durcheinander vor«, erzählte Dr. Esmoll.

»Haben Sie schon feststellen können, ob Ihnen etwas gestohlen wurde?«, fragte Caro.

»Ich wette, Ihnen wurde eine Stehlampe gestohlen!«, unterbrach Philipp und wandte sich direkt an Dr. Esmoll.



**? Wie kam Philipp darauf?**

# 7. Das Beweisstück aus der Poolstraße

Dr. Esmoll war verblüfft und nickte. Philipps Augenmerk war auf ein Kabel gefallen, dessen Stecker aus der Steckdose gezogen worden und wohl mutwillig von einem elektrischen Gerät abgetrennt worden war. Dr. Esmoll bestätigte wiederum, dass sich tatsächlich etwas Geheimnisvolles in der Lampe befunden hatte. Die Lakritzbande horchte auf.
»Im Lampenfuß hatte ich neulich etwas entdeckt. Beim Erneuern des elektrischen Kabels musste die Lampe zerlegt werden, wobei ein verschollenes Notenblatt meiner verstorbenen Tante Fanny Esmoll zum Vorschein kam. Es handelte sich um den Anfang der unvollendeten Sonate in F-Dur, die Fanny seinerzeit komponiert hatte«, erzählte Dr. Esmoll.
»Und wer wusste darüber Bescheid?«, hakte Philipp nach.
»Nur eine Person!«, entgegnete er, »eine Journalistin vom Morgenkurier. Sie suchte mich vor meiner Abreise auf, um einen Artikel zum Jubiläumsjahr meines Onkels zu schreiben!«
»Der vermutlich nie gedruckt worden ist!«, fügte Caro ein.
»Richtig!«, ergänzte Dr. Esmoll, »zwischenzeitlich habe ich erfahren müssen, dass der Redaktion keine Frau Abel bekannt ist.«
»Ein klarer Fall für uns!«, flüsterte Flo seinen Freunden zu und warf einen letzten Blick auf den Schreibtisch von Dr. Esmoll. Schnurstracks suchten sie alle Personen namens Abel im näheren Umkreis auf. Die entscheidende Beobachtung machten die Detektive im zweiten Stock eines Wohnhauses in der Poolstraße. Es öffnete zwar niemand. Doch Flo blickte durch das Schlüsselloch der verlassenen Wohnung und war sich sicher: »Eindeutig. Hier wohnt die gesuchte Frau Abel!«



**? Welchen Beweis hatte Flo dafür entdeckt?**

22.NOV
25.NOV

23.NOV.
S.Abel
R.O.

# 8. Eins und eins macht eins

Flo kam darauf, nachdem er beim Blick durch das Schlüsselloch das abgerissene Kalenderblatt in der Wohnung von Frau Abel erspäht hatte: Frau Abel aus der Poolstraße war zweifellos mit dem Einbruch in Dr. Esmolls Villa in Verbindung zu bringen. Um ihre Spuren zu vertuschen, hatte sie aller Wahrscheinlichkeit nach das Kalenderblatt herausgerissen, auf dem Dr. Esmoll zuvor ihr Kommen schriftlich festgehalten hatte.

»Mir war gleich aufgefallen, dass das Kalendarium auf dem Schreibtisch in Dr. Esmolls Villa lückenhaft war. Der Eintrag vom 23. November fehlte!«, erklärte Flo.

»Ich bin mir sicher, sie steckt auch mit dem Fahrzeugdieb Jonas Bela unter einer Decke.«

Als die Detektive das Mietshaus verließen, warf Caro einen verstohlenen Blick auf die Namensschilder am Hauseingang und stutzte. Dann traf sie der Geistesblitz:

»Ich sage euch: Eins und eins macht eins! Frau Abel selbst war die Fahrerin des gestohlenen Unfallwagens!«

»Du sprichst in Rätseln!«, erwiderte Flo.



**? Wie kam Caro zu dieser Überzeugung?**

Pia Kroll
Finn Olsen
Sonja Abel
Meta Perl
Anne Rose
Till Troger
Thea Solm

# 9. Haie gegen Bären

»Caro hat recht!«, war sich jetzt auch Philipp sicher, »aus dem Namen Sonja Abel lässt sich mühelos der Name Jonas Bela herleiten, ohne einen einzigen Buchstaben hinzufügen zu müssen. Klarer Fall, es muss sich um ein und dieselbe Person handeln!«

»Wow!«, Flo war sichtlich beeindruckt.

»Vermutlich hatte sich Sonja Abel als Mann verkleidet, um unerkannt in die Villa einzubrechen, und hat das gestohlene Fahrzeug selbst gesteuert! Das würde auch die weiteren Fragen beantworten: Ihr gehörte der Damenhandschuh, der sich im Auto befand. Und sie war es, die den Regenschirm beim Besuch in der Klavierwerkstatt zurückgelassen hatte«, ergänzte Caro.

Sowohl der Wohnblock in der Poolstraße als auch die Klavierwerkstatt wurden von nun an observiert. Keine zwei Tage später bekam die Lakritzbande Sonja Abel zu Gesicht, als sie im Begriff war, ihre Wohnung zu verlassen. Die Lakritzbande folgte ihr. Sonja Abel bestieg die Straßenbahn der Linie Eins, die Detektive mischten sich unter die Fahrgäste.

»Los, beeilt euch!«, flüsterte Philipp zehn Minuten später, »sie steigt gerade aus!«

An der Haltestelle »Sportarena« steuerte sie schnurstracks auf das Eishockeystadion zu.

»Zwei Karten für das Spiel der Neustädter Haie gegen die Büsumer Bären!«, bat Caro die Kassiererin.

»Wo steckt sie nur?«, fragte sich Flo, als er sich mit seinen Freunden bereits auf der Zuschauertribüne befand.

»Dahinten sitzt sie. Und ich möchte wetten, der Mann neben ihr ist Kurt Polier aus der Klavierwerkstatt!«, erwiderte Philipp.



**? Wo saß das Gaunerpärchen?**

# 10. Der Dritte im Bunde

Dort gegenüber im Scheinwerferlicht, in der zweiten Reihe von unten sitzen die beiden!«, erklärte Philipp seinen Freunden. An diesem Abend waren es die Haie, die den Bären hoffnungslos unterlagen. Schon in der Pause suchte das Gaunerduo das Weite. Die Lakritzbande blieb ihnen auf der Spur. Kurt Polier hielt eine große flache Plastiktüte fest umschlungen unter seinem Arm. Die beiden steuerten zielsicher auf die Eckkneipe »Zum schwarzen Puck« zu, die sich nur einen Steinwurf vom Stadion entfernt befand. Von draußen hatte die Lakritzbande einen guten Überblick und konnte das Gaunerpärchen beobachten, wie es inmitten der anderen Gäste an einem der Tische Platz genommen hatte.

»Huch, wer hat sich denn jetzt dazugesellt?«, fragte Caro, die plötzlich eine weitere Person am Tisch der beiden ausgemacht hatte.

»Schwer zu erkennen, ihr Gesicht ist verdeckt!«, meinte Philipp.

»Ich weiß, um welche Person es sich hier handelt!«, folgerte Flo messerscharf.



**? Welche Person meinte Flo?**

## 11. Der Handel am Biertisch

Die dritte Person, die sich zu dem Gaunerduo gesellt hatte, war jener Mann, den Flo zuvor im Fenster links, neben der Säule stehend, bemerkt hatte. Er hatte ihn an seinem auffälligen Hemdsärmel wiedererkannt, als er erneut aus einem Stiefelhumpen sein Bier trank. Es dauerte keine zwanzig Minuten und die drei schienen sich über ihren Handel einig zu sein. Die Lakritzbande beobachtete, wie ein Bündel Geldscheine über den Tisch ging. Im Gegenzug ergriff der unbekannte Dritte die flache Plastiktüte, die ihm vom Gaunerpärchen überreicht wurde.

»Sicher befindet sich in der Plastiktüte das geheimnisvolle Notenblatt!«, kommentierte Philipp.

Mit der neuen Errungenschaft unter seinem Arm verließ der unbekannte Mann schnurstracks die Kneipe. Die Lakritzbande blieb ihm auf den Fersen.

»Seht, dort ist der Mann. Keine Bange, den werden wir nicht mehr aus den Augen verlieren!«, meinte Caro überzeugt.



**Weshalb war sich Caro so sicher?**

Musikalien Ove Sax
Bäcker Kruse
Nick&Co

# 12. Ausschau am Bahnhof

Anhand seines auffälligen Hemdärmels entdeckte Caro gerade noch rechtzeitig den Mann auf dem Fahrersitz eines Lieferwagens.

»Musikalien – Ove Sax!«, las Caro laut.

Sie hatte den Schriftzug auf der Karosserie des Wagens entdeckt. Und schon sprang der Motor an und der Wagen brauste davon.

»Um den kümmern wir uns später!«, meinte Philipp, »er wird der Fahrzeughalter sein. Ein solch auffälliges Auto klaut bestimmt kein Mensch!«

Wenige Augenblicke später verließ auch das Gaunerpärchen die Kneipe.

»Verflixt! Die haben in der Zwischenzeit ein Taxi bestellt und düsen uns nun vor der Nase weg!«, rief Caro enttäuscht.

»Keine Bange! Das Nummernschild des Wagens lautet R-Y 21«, vermeldete Philipp, »den finden wir wieder!«

Gleich am nächsten Tag suchte die Lakritzbande den Taxistand in der Nähe des Bahnhofs auf. Die Detektive hofften, dort den Fahrer wiederzufinden, der tags zuvor das Gaunerpärchen befördert hatte.

»Die Chance, den betreffenden Taxifahrer hier zu ermitteln, ist gering. Er wird obendrein sicher gerade unterwegs sein!«, meinte Flo, nachdem er vergebens nach dem Wagen Ausschau gehalten hatte.

»Nicht die Bohne! Dort steht doch das Taxi!«, meinte Philipp munter.



**Wo war es?**

TAXI
R-E11
R-13
F-L1
Y-F2
IL-31
R-Z631
OPER
KON
Billy

# 13. Flucht treppab!

Nur anhand des betreffenden Nummernschildes hatte Philipp den Wagen, in dem sich tags zuvor das Gaunerpärchen hatte chauffieren lassen, hinter dem Baum an der Straßenecke wiedererkannt.

»Die beiden ließen sich von der Kneipe direkt zur ›Pension Kronenkranich‹ fahren!«, gab der Taxifahrer der Lakritzbande bereitwillig Auskunft.

Keine dreißig Minuten später fand sich die Lakritzbande in der besagten Pension ein. Auch Lars und Leo waren nun mit von der Partie. Sie standen zusammen mit der Pensionswirtin vor der Zimmertür der beiden Flüchtigen. Die Wirtin klopfte energisch an die Tür, doch niemand öffnete.

»Aufmachen, Polizei!«, rief Lars energisch.

In diesem Augenblick vernahmen die Detektive Schritte, die sich eilig entfernten.

»Ob sie hier abgetaucht sind?«, fragte sich Lars, als er mit seinen Freunden und der Wirtin nur einen Augenblick später im Kellergeschoss der Pension eintraf.

»Nee, mit Sicherheit nicht! Die einzige Tür nach draußen ist verriegelt, sie ist mit einem Sicherheitsschloss versehen. Und vor den Fenstern sind Gitter angebracht!«, winkte die Wirtin ab.

»Mag sein! Aber einen Fluchtweg haben wir übersehen! Wohin führt der?«, fiel Leo der Wirtin ins Wort.



**? Welchen Fluchtweg hatte Leo gemeint?**

# 14. Spuren im Schnee

Gemeint war die offen stehende Luke hinter den umgefallenen Weinflaschen. Durch diese Luke, das stand für Leo fest, mussten die beiden Ganoven ins Freie entkommen sein.

»Vermutlich haben Sie recht!«, gestand die Wirtin kleinlaut ein, »normalerweise ist das der Lift für den Getränketransport!«

Die Lakritzbande lief die Treppe hinauf ins Erdgeschoss und durch den Haupteingang hinaus ins Freie.

»Das kommt uns wie gerufen!«, rief Lars, als er das Schneetreiben sah, das erneut eingesetzt hatte.

»Eindeutig! Frische Fußspuren!«, meinte Leo. Im Scheinwerferlicht der Taschenlampe beobachtete er die Abdrücke im Schnee, die von der offen stehenden Ladeluke wegführten.

»Was meint ihr? Welchen Weg haben die beiden Ganoven genommen?«, fragte Lars und blickte sich um.

»Hier an den Weggabelungen kreuzen sich viele verschiedene Spuren«, meinte Caro unschlüssig.

»Ich denke, sie werden dort entlanggelaufen sein!«, meinte Flo und zeigte in die entsprechende Richtung.

»Ja, du magst recht haben!«, bestätigte Lars.



**? Wohin war das Gaunerpärchen entwischt?**

Pension
Kronen-
kranich
St. Annen
5 km
Nussdorf
Pendorf
Fließdorf

# 15. Versteck im Museumsdorf

Die frischen Fußspuren der beiden Flüchtigen führten von der offenen Ladeluke weiter über den Ortsausgang hinaus in Richtung Fließdorf. Die Lakritzbande folgte ihnen. Doch ein plötzlich aufkommendes, heftiges Schneegestöber verwehte die frischen Spuren und erschwerte somit die Suche nach dem Gaunerpärchen.

»Sind wir etwa schon in Fließdorf?«, fragte Flo verwundert, als er sich mit seinen Freunden einer Siedlung näherte.

»Von wegen! Wir haben sicher noch eine halbe Stunde Fußmarsch vor uns. Die Häuser hier gehören nur zum Museumsdorf. Die Winterzeit über ist es geschlossen und völlig unbewohnt. Hier sagen sich nicht einmal Fuchs und Hase Gute Nacht!«, entgegnete Leo.

»Da wäre ich mir nicht so sicher!«, meinte Caro, »dort gibt es jemanden, der uns beobachtet!«



**? Wen meinte Caro?**

1793
1771
P.R.

# 16. Zu Besuch bei Ove Sax

Hinter dem Fenster des Stallgebäudes aus dem Jahre 1793 hatte Caro eine Person entdeckt, die die Schritte der Detektive offenbar genau verfolgte.

»Den schnappen wir uns!«, rief Lars und rannte zur Stalltür. Er vernahm ein lautes Poltern von drinnen. Lars öffnete die Tür und sah den Klavierbauer Kurt Polier in voller Länge auf dem Heuboden liegen. Ein Eimer war ihm im Eifer des Gefechts im Dunkeln zum Verhängnis geworden. Seine Komplizin Sonja Abel kauerte hinter einem Futtertrog und kam nur nach mehrmaliger Aufforderung langsam aus ihrem Versteck hervor.

»Und wo ist das Geld, das Sie für den Verkauf des gestohlenen Notenblattes erhalten haben?«, hakte Lars nach.

»Ich habe nicht im Entferntesten eine Ahnung, wovon Sie reden!«, antwortete Kurt Polier unschuldig.

»Und was ist das hier?«, fiel Leo ihm ins Wort, als er mit seiner Taschenlampe in die Milchkanne leuchtete.

Mit bloßer Hand holte er mehrere Bündel Geldscheine zum Vorschein. Keine Frage, auf Sonja Abel und Kurt Polier warteten jetzt die Handschellen.

»Und das Notenblatt? Haben Sie es dem Musikalienhändler Ove Sax einfach in der Plastiktüte übergeben?«, fragte Lars.

»Es steckt in einer weißen Plattenhülle, auf der ein Violinschlüssel abgebildet ist!«, gab Sonja Abel kleinlaut von sich.

Und somit brauchte Philipp später im Musikalienladen nicht lange, um das gesuchte Cover bei Ove Sax zu finden.



**? Wo war es?**

Jazz
CARLO
TANZ Musik
Rollo
Amanda
Sally HORN
JEFF
19
IVO
Klas-osik
ALEX
Eric
7
ELSH HORN
T.I.T.
Bill
PIET
ISA
KONZERT
Holly
CONNY PORTER
Polly
Gospel
Hardy
Film-
Witze
DRY
Jazz
Errol
Kerry
Ten
MAX
HOLLY
ANA
Sinfonie

# 17. Ein Notenblatt mit Tücke

Philipp steuerte auf das gesuchte Plattencover zu, das rechts von der Werbefigur im Regal neben der Säule steckte, und ergriff es. Doch statt des erhofften Notenblattes zog er nur eine alte Vinylplatte heraus.

»Ja, das waren noch Zeiten. Eine tolle Band der Flower-Power-Zeit!«, rief Ove Sax, der die Detektive verschmitzt im Verkaufsraum beobachtete.

»Wir hätten viel lieber gewusst, wo Sie das Notenblatt von Fanny Esmoll versteckt haben?«

Schnell stellte sich heraus, dass Ove Sax keine Ahnung hatte, dass das betreffende Notenblatt gestohlen worden war. Er war vielmehr davon ausgegangen, das wertvolle Vermächtnis auf ehrlichem Wege gekauft zu haben. Ohne zu zögern, begab er sich zu seinem Tresor und holte das Dokument heraus, um es den Detektiven zu überreichen.

Allesamt betrachteten sie das kostbare Blatt.

»Bin schon gespannt wie ein Flitzebogen, den Beginn dieser Sonate auch mal zu hören«, meinte Lars halbherzig.

»Auf dem Notenblatt gibt es Spannenderes zu entdecken!«, entgegnete Ove Sax und führte die Detektive in sein Büro. Zum Erstaunen aller hielt der Musikalienhändler das Notenblatt vorsichtig über eine Kerzenflamme. Unter den gezeichneten Noten wurden auf einmal Buchstaben sichtbar. Sie waren vermutlich mit Zitronensaft geschrieben und schimmerten bräunlich.

»Donnerwetter! Eine geheime Botschaft, die es in sich hat«, stellte auch Lars fest und fuhr fort: »Dieser Hinweis kann nur von jemandem kommen, der wahrlich ehrlich ist!«



**? Wie lautete die geheime Nachricht?**

Allegro moderato
F. E.
S R T V C F L I Z L I E V R L O N
I L I N V L S I C Z I H N P L A M
H P I U F P C Q N I L P I H E I N I S
L I M P R H P Z O K N L N
Z I L I H A P D L T I L I Z L Z
E P L M I N T N P N R M

# 18. Einfach himmlisch

Wie sich im anschließenden Gespräch herausstellte, war Ove Sax schon seit geraumer Zeit auf der Suche nach diesem kostbaren Notenblatt. Ihm war zu Ohren gekommen, dass die Komponistin Fanny Esmoll seinerzeit mit Geheimtinte eine verschlüsselte Botschaft unter die Noten geschrieben hatte. Jene Buchstaben, die jeweils unter einer c-Note zum Vorschein kamen, gaben aneinandergereiht in richtiger Reihenfolge gelesen preis, welchen Namen Fanny Esmoll ihrem noch unvollendeten Werk zu geben beabsichtigte. Das Musikstück, für eine Altflöte komponiert, trug den klangvollen Namen »Sternschnuppensonate«.

# Inhalt

# Zur Person
## Julian Press

Foto: © Isabelle Grubert

Julian Press, Jahrgang 1960, studierte in Hamburg an der Fachhochschule Grafik und Illustration, hat in einem Jugendbuchverlag volontiert und war dann für Jugendzeitschriften und in einer Werbeagentur tätig. Schon bald begann er selbst für Kinder zu schreiben und zu zeichnen. Er trat früh in die Fußstapfen seines Vaters, Autor der berühmten »Schwarzen Hand«, und begann eigene Ratekrimis und Wimmelbilder zu entwerfen. Nach längerem Aufenthalt in Brüssel lebt er heute mit seiner Frau als freier Grafiker und Autor in Hamburg. Seine sehr lebendigen, interaktiven Lesungen sind bei kleinen und großen Spürnasen sehr beliebt.

Von Julian Press sind außerdem bei cbj erschienen:
Finde den Täter! – Operation Goldenes Zepter
Finde den Täter! – Tatort Krähenstein
Finde den Täter! – Der Fluch des schwarzen Schützen
Finde den Täter! – Aktion gelber Drache
Finde den Täter! – Geheimbund rote Koralle
Finde den Täter! – Das Geheimnis der schwarzen Dschunke
Finde den Täter! – Jagd auf Dr. Struppek
Finde den Täter! – Die Schatzkarte von Lilienstein
Finde den Täter! – Der Dieb im Saurierpark
Finde den Täter! – Spuk in der Fledermausgrotte